陌生的新郎

Dear Stranger

朱夏——著

名家推薦

國內少見的愛情驚悚題材，尤其從女性觀點出發，更將待嫁前的焦慮心情與慘痛往事的夢魘，以最令人驚懼害怕的筆法揉合在一起，讓讀者們翻開第一頁時，就開始坐立不安了。

——推理作家　天地無限

一九五〇、六〇年代英國女作家維多利亞・侯特（Victoria Holt）的神秘莊園懸疑愛情小說如《米蘭夫人》、《彭莊新娘》、《孟園疑雲》等等，多是描寫在愛情浪漫的背後隱藏著某樁不為人知的陰謀，哥特式的陰森詭譎懸宕氣氛，讓天真無邪的女主角內心漸生猜疑，步步走向驚魂，最後苦盡甘來，光明結局。朱夏這本小說《陌生的新郎》寫一名台灣年輕女性，在面對兩名愛她的男子情境下，被團團疑雲籠罩。夾在兩個都有可能是她未來人生另一半的男人之間，該信任哪一個以及如何做出取捨？在在令她猜疑困擾不止。此乃這部小說吸引人之處，是個很別出心裁的情節構設。因此，小說型類的走向頗似前述侯特的風格。小說主要的時空擺放在瑞士，對於久居已逾四十二個年頭的我而言，這方面的旅遊場景描繪，寫得不外行，蠻符合實境實情。

——推理作家　余心樂*

＊余心樂，旅居瑞士四十二年，以中、德雙語創作推理小說的華文作家；德文版長篇推理小說《命案的版本》將於二〇一七年九月在蘇黎世推出

自序

《陌生的新郎》這一本書，它和前一本小說《搖滾戀習曲》，或是我過去創作的小說類型不太一樣，同樣是愛情故事，但它參雜了驚悚、懸疑和危險，甚至些許激情的氛圍，也結合了遊記。

我有一位很要好的朋友，我們很喜歡暢談自己最近看了什麼書，互相推薦、交換心得，她很喜歡看懸疑或是推理的書。當我告訴她我有在寫作出版時，我仍不太敢向她推銷自己的小說，不是沒自信，而是怕像在做小說直銷令人感到壓迫。或許出於此因，我心中有股渴望想完成懸疑的作品，希望能主動引起友人的興趣吧。

至於靈感的來源和我在瑞士旅行的見聞有很大的關聯，而靈感也總是來得很突然，結合了當地景色以及一位同行團員提及在他國地鐵發生過的危險案例，不知不覺就變成了這樣一部小說。

我從來不喜侷限自己的寫作類型，但我還是喜歡寫和愛有關的情節，因此這本書也可說是在懸疑的框架下構成的愛情故事，並替它增添各類元素。同時，它也深刻記錄了我的旅程，在瑞士或是其他旅行的路上，我常常很健忘，去了哪裡、地名叫什麼也忘了。透過這個故事，或許可以讓我那一趟瑞士之旅，以及同樣曾在瑞士旅行的讀者朋友，對當時的景色更加深印象，或有不同感觸。同時也獻給讓我有機會一道去瑞士旅行的家人，沒有那趟旅程，就衍生不出這個故事。

整篇故事敘述的模式，我也做了和以往不大一樣的寫法，敘述焦點和主語集中在「他」和「她」，從故事可以交錯看到兩人的視點，不管是他或是她，在故事中都有透漏他們真實的思考，或許可以讓大家在閱讀時，增添更多趣味，猜測最後的結局及真相究竟是什麼？

再次感謝秀威資訊，還有拿起這本書的朋友們，期待這本書能在你們心中留下深刻的印象！

朱夏

目次

序章、夢魘

偏僻幽靜的山中小屋，陳庭瑜身上的衣服凌亂，呼吸因不安而急促。她的雙眼被人用白布遮掩，看不見四周，手腳也被麻繩捆綁。涼風從她敞開的雪紡襯衫竄入，肌膚因寒冷而起了雞皮疙瘩。

她驚嚇落淚，後悔和男友賭氣獨自一人走在異國街道上，所以才會落到如此下場。她沒想過在和平自由的瑞士國度裡，竟然會在車站被人綁架帶到深山中。現在的她就像是砧板上的魚，任人宰割，只能等死。

她聽見那兩名男人從屋外走回木屋，地板傳來咿呀聲，他們正朝自己步步靠近。

「How much do you want? I pay you, just let me go.」她哭喊求饒，但他們似乎聽不懂英文，用德語交談。

她感覺一雙濕熱的手緊掐著自己脖子，臉頰、雙唇被人強吻，胸部被粗暴揉捏。她嚇得用盡力氣扯開嗓子大叫。他們在她嘴裡塞了一團髒抹布，使她不能發出聲。

忽然傳來敲門聲，他們停止動作，低聲交談後，其中一人鬆開她的脖子離開，她才得以喘氣。隔著眼罩，她感覺外頭的光線照進小屋裡，聽見男人們的交談她發覺多了一人，似乎有同夥進來。沒過多久，又有人靠上前，她的身體承受了另一人的重量，壓得她喘不過氣。她的上衣被硬生生撕開，那人吻了她的脖子和胸口，拉下她褲子的拉鍊。她嚇得發抖卻叫不出聲，只是無助地流淚。

她沒能理智思考現況，聽見另外兩人的嘻笑聲，壓在她身上的人停止動作，彷彿在欣賞她此刻的慘狀，隨後倏地脫下她的內褲，粗大的手伸向大腿內側觸摸，她悶聲尖叫腦中一片空白——

「庭瑜、庭瑜。」梁啟賢坐在床邊將陳庭瑜從夢魘中搖醒。

她一睜開眼馬上坐起身抱住男友，甦醒見到旅館的擺設，才想起自己千里迢迢重返瑞士，就是為了擺脫纏身多年的惡夢。

「又夢到當年的事了？」梁啟賢嘆了口氣。

「抱歉，吵醒你了嗎？我昨晚好像忘記吃助眠藥，沒吃藥害我又夢見那一天的情景。」她揉了揉太陽穴。

「既然妳這麼害怕那段過去，為什麼又要來瑞士？」梁啟賢摸著她的額頭，臉上滿是憂慮。

「我知道你很反對，但你也瞭解我必須克服這段陰影。」她哽咽道。

梁啟賢輕拍她的肩，直到她停止哭泣為止。

她鬆手挺直身望著男友，勉強擠出微笑。

「妳真的很堅強，我一直無法理解妳為什麼有勇氣面對那樣黑暗的過往。」梁啟賢伸手抹去她臉頰上的淚水，靠向前親吻她的額頭。

「那是因為我知道你會像當年一樣出手拯救我。」她握住對方的手放在自己的臉頰上。

「妳把我想得太好了，任誰看到有人遇難，都會出手幫忙。我很抱歉沒能早一步救妳，害妳心裡烙下陰霾。」

她搖頭，摟著男友的脖子說：「你沒有錯，要不是有你出現，他們早就得逞了，我也可能沒命，更何況我們當時甚至不認識彼此，我不信有多少人有勇氣為了陌生人拚命。」她順著對方的手背向下摸，在手臂上一道巨大的疤上停住。那是當時梁啟賢挺身救她時被歹徒劃傷的疤，是他奮勇抵抗歹徒，所以她才得救，在她心靈受到極大的創傷時，用被鮮血沾染的手臂溫柔摟著自己安撫。

「你愛我，對吧？」她問。

梁啟賢凝視她的雙眼，靠向前輕輕吻了她的唇，氣息輕柔回應：「我愛妳。」

「真的？」她瞇細眼睛問。重要的問題，她習慣問兩遍才放心。

「我有對妳說過謊嗎？」

她搖頭傻笑。

「距離天亮還有一段時間，妳好好睡吧。」梁啟賢按住她的肩膀讓她躺好，起身要離開時，她卻拉住他的手臂。

「陪我，不然我怕又做惡夢。」

他露出拿她沒辦法的笑容，掀開棉被在她背後躺下，摟著她的腰入睡。

她躺在床上難以入眠，七年來的噩夢始終困擾著她。耳邊傳來梁啟賢平穩的呼吸聲，她知道男友已經睡著了。

黑暗中，她思考自己至今二十九年的人生，為什麼會遇到這麼多事。她伸手碰觸左大腿內側，那裡有一道突起的疤痕。疤很長，從大腿根部一直延伸到鼠蹊部，是在她十二歲時出車禍留下的印記。因為那場車禍她受了重傷，傷及骨盆並壓迫子宮，引起諸如經期凌亂之類的後遺症。同時也因那場車禍，父親將她送往美國治療。為了利於復健，還安排她在美國留學。而車禍也使父母更加寵溺她，傷疤帶來的自卑感加上雙親溺愛造就她任性嬌蠻的個性。

然而七年前的一場意外讓她性格大轉變，變得收斂而成熟。那年她二十二歲剛畢業，和當時大她一歲的男友到瑞士旅行，因為對方在酒吧向女孩搭訕，將自己冷落在旁。她賭氣自己走在街上，不料就被歹徒看上，從背後矇住她的雙眼，奪了錢財還想對她下毒手。當她被綁上賊車時，在瑞士實習的梁啟賢恰巧目睹，報警後並偷偷尾隨，趁隙衝上前救了她。不過很可惜，警察來時只抓到了其中兩名犯人，另一人卻逃跑了，事發至今過了七年仍未尋獲。

經歷這麼多災禍，她有時會心想，是不是自己家境太好、人生過於順遂，所以必須付出一點代價，才能讓命運平衡。

她抱住梁啟賢的臂膀，以食指輕描對方手臂上的疤。她想若是沒有七年前的綁架案，自己也無法遇到梁啟賢，也許這是厄運發生後對她的補償。

在她的人生中有兩個貴人，第一個是十二歲那年車禍時，幫助她在救護車來前進行止血救護的人，那人之後隨即離開現場，所以她不認識對方；第二人就是梁啟賢，因此知道他身分後，她用盡所有方法找尋他。

梁啟賢大她五歲，有段不好的童年過往，因此她也不便多問，只知道他家境不好，他母親在他十六歲那年過世，據說是因為父親經商失敗的打擊造成，不久他的父親也因崩潰而自殺。但他不服輸，自立半工半讀，高中畢業後工作三年賺取學費，並考取獎學金到德國留學。他們相遇那年，他剛要從碩士畢業準備返回台灣。

那件事之後，她和男友分手，回到台灣就為了找他。一開始她告訴梁啟賢想報答救命之恩，但對方並不領情、冷淡拒絕她，表明不希望讓自己當年的好意被視為是別有企圖。在她百般糾纏下，兩人總算一起出遊約會。當她主動提出交往要求時，梁啟賢提了一個條件：「只要妳不會後悔，我就答應和妳交往。」她點頭答應後，他們持續交往至今。

然而，她的母親並不喜歡梁啟賢，認為他的出身比不上女兒。陳庭瑜的父親陳國政是儷華集團總經理兼董事長，經營連鎖飯店，在國內外皆設有據點，而對方只不過是剛起步的創業家，尚未穩定。但她的父親卻與母親相反，非常喜歡梁啟賢，讚賞他自立自強的精神，也十分肯定他一手創立連鎖餐廳的能力。因為父親也是靠自己白手起家，與其要把寶貝的獨生女送給哪個手腳細嫩的富二代，還不如交給梁啟賢這樣努力的年輕創業家。

在父母意見分歧下，她仰賴父親當靠山，還是和梁啟賢交往，如今兩人交往已經過了七個年頭。她想到此，相信在未來他們還是會繼續走下去，深吸了一口氣，感受他身上的氣味，安心閉上雙眼。

#

日出不久陳庭瑜才陷入沉睡，但梁啟賢卻已經醒了。他伸手碰觸她的肩，沿著肩膀向下摸，輕拍她的手背。

「好好睡吧，小公主。」他微笑，在她肩頭上輕輕一吻，起身回到自己的床上整理背包。

陳庭瑜家是虔誠的天主教徒，所以他們就算出遊也是分開睡，堅守教規不發生肉體關係。

他從背包裡拿出一盒白色絨布覆蓋的小盒子，打開一看，一只精美的鑽戒靜靜躺在盒子裡。為了這一刻，他考慮了很久，也準備很久。他不確定自己是不是陳庭瑜合適的對象。每次到女友家，對方母親對自己總是很不客氣。

然而陳庭瑜為了他追回台灣，在他剛準備經營自己的餐廳時，總是在他身邊打轉，讓他想起童年家裡養過的一隻黏人的米格魯。他很愛那隻狗，可惜家裡破產不久便轉送給別人了。

一開始，陳庭瑜極力要求報答救命之恩，希望能請他吃飯，雖然他百般推託，但對方始終不放棄。在陳庭瑜死纏爛打下，他才勉強答應。在對方詢問想吃什麼時，他很老實，只選了路邊的陽春麵。陳庭瑜依舊不放棄，在那之後還是追著他跑，硬是套出他沒有女朋友，確定單身後更加窮追不捨。他本來覺得她很煩，他家從山頂跌落後，使他厭惡那些有錢人，尤其是他們那種一旦想要就非得到手的心態，可是久了卻覺得陳庭瑜其實很有意思。

當有人對你有所期待時，你的地位就相對高於對方。當他腦海浮現這樣的想法時，就不再嫌棄陳庭瑜，反倒期待她像是繞著主人打轉的小狗一樣，用一雙無辜大眼看著自己。

在他們認識第一百日時，他才答應陳庭瑜的要求，跟她交往。

他本來猜想陳庭瑜會是個個性單純、不受汙染的傻千金，然而經過長時間交往，他發現不完全是那麼一回事。陳庭瑜不僅在瑞士遭遇過綁架，更在十二歲那年出了車禍，那些事改變了她的想法。她對他並非只是貪圖一時的占有欲，而是一種既然想要為什麼不勇於追求的心態，這使她和一般無憂無慮的千金相比更加特別，而她內心的陰影反而成了一股吸引力。他很好奇陳庭瑜是怎麼造就出這樣樂觀的個性，他想站在她身旁，瞭解更多關於她的事，甚至占有她。

陳庭瑜睡夢中呢喃著不清楚的話語，打斷他的思緒，他抬頭望向對方，嘴角得意上揚。雖然他的出身與她無法門當戶對，但他確定他想要的就是她——打從七年前在小木屋裡見到她的那刻起，他就知道了。

我確實愛她，這個想法也是真實的。他想著，直盯著她的臉看，露出得意的笑容，再次將戒指盒闔上。

第一章、前男友

1-1

早上陳庭瑜和梁啟賢在旅館用過早餐，揹起輕便的行囊沿著策馬特的河堤散步。這時候時間尚早，遊客不多，可以舒適地漫步在小鎮。兩人手牽手站在橋上，在觀光客間遙望遠方的馬特洪峰。

他們繞過附近的小教堂，途中經過一座土撥鼠雕塑的小水池，陳庭瑜露出懷念的表情伸手摸摸雕像，然而臉上的笑容卻很不自然。

「庭瑜，妳確定要再去那座山嗎？」梁啟賢再次詢問，臉上掛著不安。

「我們不是談過了？我為了前進，所以必須重回當時的現場，我有自信可以克服。」她轉身得意一笑，看起來像是期待得到誇獎的小學生。

「真是拿妳沒辦法。」

梁啟賢輕拍她的頭，她臉頰泛起紅暈，轉身背對他說：「因為有你在，所以沒問題。」

「如果妳真的覺得沒事了，我就陪妳去。」他盯著陳庭瑜烏溜溜的雙眼，他很喜歡女友這樣開朗的個性，和自己完全不同。他有時會想，她遭受非一般人會有的慘痛際遇，但還是能展現出純真和自信，就像是一塊純白色的畫布。而自己從小經歷波折，個性被迫轉為成熟而現實的陰沉人，這樣的自己會不會把她染黑？染黑後的她又會是什麼模樣呢？

「怎麼了，你在想什麼？」陳庭瑜歪著頭看他，眉頭微蹙。

「我在想為什麼妳會喜歡上我。」他微笑，吻了她眉間的皺紋，抬起她的下巴，往雙唇輕輕一沾。唇離開的瞬間，她一臉恍惚，臉頰傳來熱氣。

「幹嘛，這裡有人耶。」她頭往下撇，鼓起臉頰。

「在國外沒人認識我們，還是妳不喜歡？」

她沒回答只是低下頭。梁啟賢露出壞心眼的笑容，摟著她的腰再次低下頭深深一吻。兩人摟著彼此的肩，打打鬧鬧往車站的方向移動。

「有件事我想問你，當時你是怎麼發現我被人綁走？」陳庭瑜站在月台上，望向火車軌道。

「我在國外待久了，自然感覺得到哪裡不對勁。」他輕捏她的臉頰，注意到她望著腳邊避免看向角落。雖然不是同個地點，但當初她就是在那樣陰暗的角落，被人摀住嘴，扔進箱型車裡。他那時就站在月台上，見她臉色鐵青、衣著凌亂消失在站內。

即便身處在文明的國度，並不代表就不會遇上壞人。特別是像她這樣漂漂亮亮的千金小姐一看就知道是觀光客，很容易被當作肥羊成為下手目標。當時他闖進小木屋時，她早已被人壓倒在地，衣衫不整。

眼前火車緩緩駛進月台，他將過往的思緒清空，露出懷念的微笑。

「火車到了，我們走吧。」陳庭瑜牽起他的手走進車廂內。

兩人找到靠窗的空位彼此相對而坐，車廂隔壁排坐著一對年輕的日本夫妻，他們身穿登山裝帶著一雙兒女，孩子看起來不過四、五歲，相當活潑好動，勾著母親的手臂從縫隙偷瞧他們。

「嗨！」陳庭瑜對他們揮揮手，孩子們笑著揮手回應。她滿面笑意，露出欣羨的表情。梁啟賢坐在她身旁，盯著她的臉看。

「小孩真的很可愛。」陳庭瑜轉頭看向梁啟賢，眼神中閃過一絲憂愁，「你喜歡小孩嗎？」

他聳肩回覆：「我對小孩子沒有特別的想法，我比較喜歡年紀大點的女孩。」他笑著起身靠向前親吻她的臉頰。

「我才不是問這個，我想問的是，如果哪天你結婚了，會不會想要小孩？」她羞紅臉問。

「能的話，當然希望有。」

她聽完回答，向後靠著椅背，小聲嘆氣，轉頭凝視窗外。窗外陽光相當明亮，外頭群山頂端積著白雪，群山中陡峭的溪水在巨石間跳躍奔流。

梁啟賢從窗中倒影偷瞧她的表情。他確實是想要孩子，他是獨生子，從小家裡只有自己一人，本來該有個相差六歲的妹妹，但因為他母親身體不好，孩子知道性別沒多久就夭折了。家裡破產後，他有時希望能多一個人幫自己分擔，同時又慶幸沒誕生的妹妹不必受苦。而陳庭瑜也是獨生女，一樣也會希望能讓家裡熱鬧些吧。他望著陳庭瑜心想。她很好懂，一看眼神便明白。

他微笑轉頭向那對日本夫妻用英文交談，從對方的談話內容得知是經常旅行的登山客，這是他們婚後第一次帶孩子一起登山。那兩個孩子是雙胞胎，男孩是哥哥，女孩是妹妹。他們見到他也不怕生，熱情地對他招招手。

陳庭瑜側臉窺看，臉上浮現笑意，然而當她見到梁啟賢的神情時，笑容又垮了下來。梁啟賢不曉得是否注意到她悵然若失的神色，移動座位到孩子身旁，伸手握了握。孩子天真一笑，用日語童言童語。

他問父母孩子說了什麼？他們用英文回答孩子說坐在他對面的姊姊很漂亮。他知道陳庭瑜聽見了，轉頭看她得意一笑。她溫柔微笑回應，然而雙手卻掐得很緊。

她確實很漂亮，一頭浪漫的黑色長捲髮，鵝蛋臉外加大眼睛，笑容甜美，身材纖瘦。當時她回國找他時，他有些吃驚，因為和他第一次看到她時差距頗大，畢竟她在兩個時間點所處的境遇不同。萬萬沒想到她能從綁架侵害的事件中復原得如此快速，但她那雙無辜大眼，確實是他認識的那雙眼睛。

火車行駛了兩個鐘頭，抵達中繼站茵特拉根。梁啟賢牽著她的手下車。

車站附近是阿勒河，正好適合散步伸展筋骨。一旁懸掛著紅底白十字的瑞士國旗和大角山羊的市徽。

時間接近中午，市區街上不少人潮，亦可看見成群的觀光客。他們走進一間義式餐廳提前享用午飯。陳庭瑜望著窗外來往的行人，一名小女孩牽著母親的手，手中抱著土撥鼠玩偶，小腳一愣一愣往前走。

「在這裡住一晚吧。」他說。

「嗯？但我們不是今天就要去盧森？」她回神。

「妳曉得自己現在臉色很差嗎？我知道妳急著想擺脫過去的陰影，但我們來瑞士才不過第五天，我們來的目的也有度假，對吧？」

「當然。」她微笑。

「所以先別急，多留一天讓妳可以喘口氣做好準備吧。我相信妳可以度過難關，只是不要太過勉強。」

「我知道。」她低頭喝了口咖啡。

「妳看看這裡的美景，不是該好好享受嗎？」他伸手握住她的手，「好不容易重遊我們相遇的國度，我想和妳仔細品嚐這裡的氣氛。」

「我也是，雖然在這裡我沒有太好的回憶，但是如果沒來過瑞士，我想我也沒機會見到你。」她輕拍他的手。

「所以我說，除了想辦法面對過去的恐懼，製造快樂的回憶也很重要，不是嗎？」他笑著，望向對面她迷人的笑靨。

下午，兩人到了布里恩茨湖畔散步，隔著湖，可以遠眺對岸的群山。波光粼粼的湖岸邊，幾隻天鵝靜靜划著水，他們蹲在岸邊拿出小餅乾餵食。陳庭瑜笑著將最後一片餅乾捏碎扔進湖裡時，梁啟賢靠向前親吻她上揚的嘴角，逗得她哈哈笑。

他們選了一間溫馨的小民宿，上樓先放好行囊，前往附近的餐廳用餐。此時正值夏日，晚上七點仍像白天。梁啟賢選了一間景觀餐廳，餐廳樓上正好可以遠眺湖邊對岸的山巒。白雲環繞在山頭，山巒倒影映照在湖邊，鏡面的倒影如詩如畫。

「這裡真漂亮，幸好有聽你的話，在這裡停留。」陳庭瑜微笑眺望外頭的景色，轉頭面向他甜甜一笑，「窗邊的座位是要預約的吧。你事先就計畫好了嗎？」

梁啟賢看著她質疑的目光，笑出聲：「被妳發現了？」

「當然，也不想想我認識你多久了。」她抿嘴一笑，露出俏皮的神情。

「我問了旅居瑞士的朋友，他們推薦了這家餐廳。我想妳會喜歡。」

她微笑，雙頰泛紅。

「其實原因還不止這個。」他起身在她面前跪下，手上捧著白色的小盒子。

陳庭瑜望著他一臉驚訝。她向他暗示過幾次自己想結婚，但對方總是草草帶過，時間久了她也沒自信再向他提起。

「庭瑜，我知道和妳相比，我不是個適合的對象，但是我很愛妳，交往了七年，我想該是時候決定我們是不是該一起走下去？」

她聽了他的話，沉默許久，一雙大眼凝視著他。她按了按眼角的淚水，撲向前跪地抱住他的脖子。

「你絕對不會配不上我，這才是我該說的話。只不過我有件事瞞著你一直沒說。」她聲音顫抖，抬起頭看他。

「沒關係，不管妳說什麼，我都不會卻步。」

「你知道我十二歲時出過車禍吧。」

他點頭靜靜聆聽。

「當時一輛車橫向衝撞，我坐的車後方是一輛載運鋼條的貨車。衝擊力太大，我的車子翻轉橫置在路上，貨車閃避不及追撞上來。鋼條刺穿車窗，從我的側腹部猛烈撞擊，導致我骨盆腔受重創，大腿根部也嚴重撕裂，休息了好幾個月。做檢查時，醫生告訴我，我的骨盆受傷，將來很難懷孕。我知道你喜歡小孩，但如果你跟我在一起，這個心願可能很難實現，所以我……」她哽咽話說不下去。

「放心好了，比起小孩，我更喜歡妳。妳是我人生唯一的重心，我只想要妳。只要妳願意接受我，什麼問題都可以迎刃而解。」他微笑，將她眼角的淚水擦乾，摸摸她的頭安撫。

她凝視著他的雙眼，笑出聲：「我當然願意，我等你等很久了。」

他牽起她的手，將戒指套上。她用滿面的笑意盯著戒指上的鑽石，鑽石發出銀白色的光。她不敢相信這天的到來，主動靠向前親吻他的唇。兩人緊緊擁抱。

用完餐後，他們回到旅館。拉開窗看，外頭正好可以眺望湖光美景，湖邊山頭和雲朵被夕陽染紅。

「這間民宿也是你事先訂好的嗎？」陳庭瑜轉身看向他。她想起看見梁啟賢在訂房時跟櫃檯用德語說了一段話。她不會德語，不懂他們在說什麼。

他搔搔太陽穴，笑著回答：「果然沒有什麼事能瞞過妳嗎？」

他靠向她的背，從身後緊緊抱住，深吻她的脖子。濕熱的氣息傳過耳邊，聲音、體溫、空氣的流動，她身體微微顫抖。這是他第一次這樣吻她，使她脖子隨之發燙。然而，一瞬間卻喚醒她七年前遭遇綁架的記憶，那天深印在脖子上的吻痕自記憶鮮明地浮現，使她不由得顫抖。

「妳的脖子都紅了。」他側頭下巴靠在她肩上笑著說，這才將她自恐懼中抽離。

「還不是你害的。」她說，卻沒有逃開。

「妳從今天起就是我的新娘了，不是嗎？」他又吻了她的脖子，在潔白的皮膚上留下吻痕。

她雙頰漲紅拉上窗簾轉過身看著他，手顫抖放在他的脖子上，他開口說話，喉結跟著上下移動。

「每次看著妳，我總是忍不住心想，妳能活著真好。」

「什麼意思？」她微微蹙眉。

「妳遇上兩次不好的經歷，我很感謝妳活了下來。要不是如此，我沒辦法像現在這樣碰觸妳。」他說著倚身向前，吻了她的耳朵。她不禁緊張顫抖，不曉得該如何回應。他的氣息沿著她臉頰的弧線掃過，深吻她的脖子，在她的鎖骨上停住。他的吻再次打開了那天不堪的記憶，使她下意識按住他的肩。

「抱歉，我似乎太著急了。」他說著向後退了一步，但她卻拉住他的手腕搖了搖頭。

「我們已經算是夫妻關係，所以沒問題。」她回答，對於自己方才的反應感到愧疚，眼前親密碰觸她的人，毫無疑問是她的愛人，她有什麼好恐懼？

「沒問題是一回事，妳想要嗎？」他的指尖滑過她的手臂，她感覺皮膚癢癢的，迎著對方的目光，身體無法拒絕。

「我想要，想要更靠近你。」她解開他的上衣親吻胸膛，笨拙的模樣使他發笑。

「笑什麼？」她停下動作，羞怯的表情一覽無遺。

「我在笑溫室的閨女竟然會這麼主動。」他的笑容看起來樂在其中。

「我不主動你又要向後退了。」她抬眼望著他。

「我向後退是希望讓妳決定、給妳選擇，我希望關於我們之間的一切都是妳心甘情願的決定。妳愛我嗎？」

「不愛還會答應你的求婚？」她雙頰泛紅回答。

「要是妳父母知道了，我說不定在娶妳之前就先被他們宰了。」他搔了搔頭。

「沒關係，他們不會知道，以我身體的狀況也不可能有機會。」她落寞一笑。

他露出疼惜的表情捧著她的臉頰，朝她的唇深深一吻，舌頭輕柔地滑進嘴中，輕撫她的齒貝。他在兩人氣息交染之中伸手拉下她長洋裝的拉鍊，絲質的粉紅色長裙在她的腳邊落下，她像是一朵稚嫩的鮮花。

她緊張顫抖，氣息隨著他的親吻而凌亂。他在她起伏的胸前留下近似咬痕般的紅暈，雙手將她抱起放在床上，脫去她身上僅存的衣物，氣息在她柔滑的肌膚上來回游移。她沉浸在他的撫摸和親吻，試圖用他的觸碰洗去七年前的陰霾，他抬起頭吻著她的唇和不安微蹙的眉間。

她閉上雙眼，心想自己將來一生跟定這個人了，伸手抱住對方的脖子，安心將自己交給對方。他探出手關燈，兩人的身體在黑暗之中相互摩搓、四肢彼此纏繞，感受對方身體的律動和鼓噪的心跳聲。她不時感覺他手臂上那道疤痕撫過她的四肢，那道疤是他們共同的記憶、是他為她留下的印記。

她因彼此的呼吸趨於一致而微笑，一瞬間七年前在那間小木屋發生過的事卻再次浮現腦海，粗大的手撫過她大腿內側那道浮起的疤，腳步聲、木地板發出的伊呀聲彷彿在耳邊繚繞。恐懼覆蓋腦海，她下意識用力推開他。

他打開燈，看見她倚靠著床頭，以蹲姿雙臂緊抱膝蓋，並不停顫抖。

「庭瑜，妳是不是想起什麼可怕的事？」相較之下，他卻非常鎮定。

她搖頭否認，因為害怕自己的恐懼會讓他將來對自己有過多的顧忌，所以她不想承認，更不想向他重提自己當時遭遇的事。不單是畏懼當自己把恐懼說出口後，腦中重新倒帶那段令她頭皮發麻、渾身顫抖的記憶，她更害怕的是如果仔細描述了當時的經過，他可能會覺得自己很汙穢、不潔，這是她最不願發生的結果。

對她來說，他比任何人、任何事都還要來得重要。

「可以開著燈嗎？」她勉強擠出微笑。

「燈亮著妳不會害臊？」他笑出聲。

「我只是想看著你。」她說。實際上只是希望藉由燈光看仔細對方的臉，讓她知道自己現在身在他懷中，從他的眼神得到安心。

他微笑擁她入懷，他們在燈影交錯中彼此吸引，緊緊相繫相依。每當他碰觸她的腿間，她大腿上殘留的傷疤總會不自覺發疼，喚起深層的恐懼，但她緊咬著牙撐過。

沒事，他是愛我的人，不是壞人，不用害怕。她在心中默唸，如咒語一般。

同時從那天起，她下定決心戒掉助眠藥。

1-2

早晨，陳庭瑜緩緩自沉睡中甦醒。她的身體很沉重，腰部和大腿傳來一陣痠痛，留有舊傷的骨盆腔陣陣發疼，這老毛病她早已習慣，只不過昨夜的激情讓舊傷疼得更厲害。她翻身一看，梁啟賢的位置是空的。掀開棉被，準備下床時，眼角瞥見大腿上那道疤。不曉得是不是錯覺，疤似乎變得更大、更腫。當年的車禍，鋼條猛力撞擊下扯裂了她的皮肉，大量鮮血染上她深藍色的制服裙，醫生幫她縫了數十針，才讓傷口併攏。

「他上哪兒去了？」陳庭瑜打開浴室的門，卻也不見梁啟賢的身影。

「我出門一下，等等就回來。」他在鏡子上留下一張黃底紅字的紙條。

她轉身走進浴缸裡，裸身坐下讓蓮蓬頭的水順著頭頂流下填滿浴缸。浸泡在水中，她總是忍不住注視自己大腿上的疤，這道疤給她留下了兩道內心的傷痕，隔著水疤痕看起來更加浮腫。就連她自己也不敢觸碰的傷疤，昨日在他的觸摸下，喚起當時的恐懼。

他當時摸著我的疤，恐怕是因為這奇怪的突起，所以好奇撫摸。他是第一次見到這道疤吧。會不會覺得看起來很醜、很噁心？她心想著，不安地看著左手上發光的戒指，獲取安心。

她擦乾身體離開浴室，梁啟賢仍舊沒回來。她望著早晨枯燥的電視節目吹乾頭髮，遲遲等不到未婚夫的身影，不安之餘換上衣服走出門。

她搭乘電梯抵達大廳，從這裡就可聽到一旁餐廳傳來杯盤輕敲的細碎聲響，她的身體因為昨夜的激情而發懶燥熱，沒心情用餐，更何況枕邊人一大早就消失無蹤，怎麼有心情悠閒吃早餐？

她走出民宿外，湖水澄澈如鏡，天鵝划著水波向她靠近。她望著湖面自己的倒影發呆。

什麼原因讓他一大早消失？難道是因為昨晚我突然推開他嗎？還是我腿上那道醜陋的疤？她望著倒影思索，陽光被雲朵遮蔽，倒影一瞬間染黑消失。雲朵飄散後，倒影重新浮現在湖面，然而此刻她的倒影旁卻又多了一個人。

七年前的恐懼倏地浮現，她驚嚇得轉身，背後的人在她驚叫前摀住她的嘴。現在是早晨，怎麼會發生這種事？她的思緒慌亂，盯著眼前身穿灰色帽T、頭戴兜帽的男人，雙手胡亂揮舞掙扎。

「陳庭瑜，妳冷靜點。」那人說著脫下自己的兜帽露出臉。當她呼吸漸趨平緩時，他才鬆手。

她的嘴恢復自由，一臉詫異地張口說：「許維仁，你在這裡做什麼？」

看著他的瞬間，她想起被綁架那日的起因就是他。她躺在醫院過了近半天他才抵達醫院，露出一臉吃驚的表情看她。事發三個月後，她向他提分手，兩人就此失去聯繫。他比起過去看起來更加成熟穩重。這些年，他們都長大了，她也不再是過去那個善妒又任性的女孩了。

「他沒在妳身邊吧？」他問。

「他？你是說啟賢嗎？」

許維仁聽她喊得如此親熱，眉頭不禁皺起。

「我有件很重要的事必須告訴妳。跟我來。」他面目沉重，緊握著她的手遠離湖邊。陳庭瑜見對方表情凝重，也沒反抗只是乖乖跟隨。

她看著他的後腦勺，回想過去兩人交往的日子。

許維仁和她在美國留學時相互認識，當時她十三歲，對方大她一歲，晚一年入學，兩人是同窗同學。身為同鄉，她總忍不住在意對方，但他們一開始並無太多交集，是在一次聚會中朋友搭線才聊了起來。當了兩年的朋友，對方告白而她也有好感，於是兩人正式交往。

他的個性和梁啟賢完全相反，梁啟賢的個性比較寡言、穩重，而他則是活潑外放。他喜歡交朋友，來者不拒，開朗的個性和外貌，總是吸引不少女孩子親近。正因為他這樣的個性，讓她很傷腦筋。要不是因為當時他顧著和酒吧裡的女人聊天，她也不會賭氣獨自在異國的陌生街道上行走，更不會遇到綁架。

兩人到了一間巷內的小咖啡廳，她停止回想過去。

「你到底想跟我說什麼？」她質問，「我的男朋友還在等我回去。」

許維仁聽了苦笑。

「你笑什麼？當時你在旅館的酒吧裡搭訕那些女人時，是他救了我。」這件事一提起，她胸中的怒氣熊熊燃起。

「我跟妳說過，那是誤會。是她們來找我，當我發現妳不見時，我馬上回房間打電話給妳。」

「我當時被綁走，你認為我有辦法接電話嗎？我離開酒吧在旅館櫃檯留了紙條，你如果真的回房間找我，為什麼接到我的訊息卻沒有半點行動？」

「什麼訊息？」許維仁一臉茫然。這表情讓她想起七年前事件發生後，第一眼見到他時，他也是這張臉。

「我在紙條上寫下我要到車站附近散散心，你回房打電話給我之前，總該向櫃檯拿鑰匙吧。知道我獨自離開這麼久都沒有任何反應嗎？」

「我真的回到房間，可是沒有收到任何紙條。」他面露委屈。

「你說謊，我出院後重回旅館詢問，櫃檯表示他們確實把紙條交給你了。」陳庭瑜因氣憤不禁緊握拳頭。

「不可能，我真的沒拿到紙條。」他依舊堅決搖頭。

「那不然你說，是誰拿走了？」

他嘆了口氣，用愧歉的表情望著她說：「我今天來不是為了向妳解釋什麼，過了這些年，我還是很想妳，更何況一知道妳有危險，怎麼能不來找妳？」

「什麼危險？」她發出諷刺的笑聲，「有什麼危險比綁架、差點被性侵還要嚴重？你知道那時我有多害怕嗎？警察來了之後，問我有沒有被得逞，我回答不出來，當時腦袋一片空白，我不記得衣服被那些歹徒撕開後發生了什麼事。陌生的語言和死寂的醫院，坐在冰冷的診療椅上，讓他們對我的身體做各種檢查，你能想像那是多麼可怕又羞恥的經歷嗎？」

「我真的很對不起妳，沒想過妳的感受。」他握住她的手，眼神中除了內疚還滿懷著柔情。

「那你還來揭我瘡疤做什麼？」她抽開手，「我快嚇死了，如果不是啟賢出現救了我，我怎麼可能還活著？」

她激動落淚。他睜大眼起身走到她身旁，抱著她的肩膀安撫。

「庭瑜，我真的很抱歉，沒能在第一時間幫助妳，到現在我還是很後悔，要是能及早發現妳離開，我一定馬上追……」

他話還沒說完，她早已推開他站起身。

「不提了，你過你的日子，我也會好好過。」她轉身離去。

他伸手拉住她，手指碰觸到她無名指上的鑽戒。

「妳跟他要結婚了？」他詫異問道。

「對，這是七年前那件事唯一帶給我的好事，所以請你不要再來煩我。」她用力甩開他的手。

「庭瑜，妳真的認識梁啟賢嗎？」他對著她的背影說，「我來這裡就是要告誡妳小心他，妳的未婚夫絕對不是什麼好人。」

她停下腳步轉身說：「我們分手了七年，你要我怎麼相信你？」說完話，她繼續往門口走去。

「妳有想過怎麼會這麼湊巧，梁啟賢就目睹妳被人綁走？他可是共犯！」她離開咖啡廳前，許維仁依舊在她身後呼喊。

她不再反駁，因為她無法抑制自己的思考，許維仁確實挑起了她過去曾抱持過、但一心一意相信只是美好巧合的疑慮。

陳庭瑜回到民宿房間，時間是早上九點半。梁啟賢看到她出現，立刻上前擁抱。

「妳去哪裡了？我好擔心妳。」他說著，在她臉頰上深深一吻。

「沒事，我只是出去喝杯咖啡。」她心虛回答。

「我以為我惹妳不開心，所以妳跑出去了。」

「怎麼會？那麼你早上出門是去了哪裡？」

「我想妳醒來會餓，所以出門到超市買東西。」他說著，從桌上的袋子拿出一條瑞士特有的辮子麵包、一罐牛奶和不少零食。

「樓下餐廳不是也有早餐嗎？」

「我想妳醒來可能還不想動，所以才買回來。」他微笑。

「去趟超市會這麼久嗎？我起床梳洗好也已經過了一個多小時。」

「我出門發現超市還沒開，所以花了一些時間等超市開門。」

他以前不是待在瑞士實習嗎？為什麼會不清楚超市開店的時間？她心想，卻沒心情追問。

「我本來想說，回來吃完早餐，退房前也許還有時間再來溫存，但現在已經快到退房時間了。不然乾脆多住一晚，今天一整天待在房間裡繼續昨晚的事。」他開玩笑。

「不好笑。」她鼓起臉頰盯著他。

「我只是隨口說說逗妳的。」他撥開她的瀏海。

「我很高興你回來了。」

「我也是。」他回應著，吻了她的唇，「我剛才說的有一半是謊話。」

她臉紅，捏了捏他的手臂。

他們退房離開民宿，前往車站。一路上，她感覺耳邊傳來腳步聲，轉頭望向身後，確定許維仁並沒有跟著自己，這才鬆了口氣。

「怎麼了？」梁啟賢問。

「沒什麼。」她只是搖頭。

他緊握著她的手，繼續向前走。

火車行經一小時多，抵達最終目的地盧森市。下車走出車站時，陳庭瑜緊抱著梁啟賢的手臂，不敢看向車站的角落。即使過了七年，但她仍然記得自己是在車站的哪個角落被人綁架，強行押上車。她當時只不過是經過車站而已，從沒想過一個簡單的行動，竟然會導致慘痛的下場。

「妳很勇敢。」他笑著摸摸她的頭。

陳庭瑜睜開眼抬頭看，兩人已經走到車站外，刺眼的陽光沒幾秒已經曬得頭髮燒燙。

「重頭戲還沒上場，現在講這些還太早。」她故作堅強往前跨步，轉頭對他微笑。

這麼溫柔的人，怎麼可能會是壞人？她安撫自己。

即使如此，許維仁的聲音依舊在她的腦海中迴盪——「庭瑜，妳真的認識梁啟賢嗎？妳有想過怎麼會這麼湊巧，梁啟賢就目睹妳被人綁走？」

兩人走出車站，由陳庭瑜領頭，尋找七年前事發的那座山。

「我記得應該是在這個方向。」她一臉遲疑，手拿地圖四處張望街道。

「妳當時被矇住眼睛，怎麼可能記得方向？」梁啟賢笑著從她手中奪走地圖，才瞥了幾秒就找到方向，牽著她的手前進。

「你怎麼能這麼輕鬆就找到路？」她眼神略帶質疑。

「我在瑞士待多久了，更何況妳忘了是我開車跟蹤他們，所以才找到妳的嗎？」他側頭彎下腰，輕啄了她的臉頰。

她任由他牽著走，望著他的背影，不禁心想自己果然是多慮了，不該懷疑他。更何況對自己來說，他已經不是簡單就能捨棄的存在。

他們沿著山路往上爬，一開始還能看到幾間民宅，到後來只剩荒僻的草地和長滿雜草的山路。

「這裡路很陡，要小心。」梁啟賢握住她的手帶路。

她想起七年前橫躺在箱型車後座，雙手雙腳被綑綁，車子劇烈搖晃，她還得努力撐住身體不要掉下去。

「實際行走，發現距離比我想像還要長。」她試圖緩解氣氛。

「那是當然，妳那時是坐車嘛。」他摸摸她的頭，似乎猜中她不安的心情。

山上的空氣微涼，冷風使手指發冷，卻也使被梁啟賢緊握的手感到特別溫暖。

只要跟你在一起就會沒事了。她低聲默唸。

他們繞了幾個彎，出現在眼前的是一間荒僻的小木屋。陳庭瑜的手發顫，雙腳不聽使喚，往下一癱。梁啟賢隨即伸手緊抱住她。

「就是那裡了吧。」他說著同時記憶快速倒轉。那時他開著租來的轎車遠遠尾隨箱型車，在距離木屋稍遠處停下，靜靜觀察。

「妳還好嗎？」他抱著她問。

她靠在他懷裡，胸口不斷起伏，恐懼讓她難以呼吸。

「要不要改天再來？」他柔聲問，但她只是搖頭。

「雖然很害怕，覺得很噁心、想吐。可是如果今天逃走了，下次還是會逃避，什麼也解決不了。」

他低頭看著她閃爍淚光的雙眼，緊緊摟住她的肩膀，左手往下一伸，將她一把抱起。

「怎麼了？」她語氣顫抖，一瞬間不自覺聯想起被歹徒抬進小木屋的情景。明明現在抱著自己的對象是她最深愛的人，為什麼會感到緊張不安？

「別怕，有我陪妳。」他低下頭，鼻頭磨蹭她的臉頰安撫。

她點點頭，伸手抱住他的脖子。從他身上的味道，回想起那天也是他出現，親手替她摘下掩蓋雙眼的白布，在那瞬間也嗅到他身上的氣味，在那之後她將這股淡淡的香氣視為安心的象徵。

如果是他，就不會有任何危險。她把臉半掩在他胸前。

梁啟賢走到木屋前，木屋周遭生滿雜草，長至膝蓋，雖然木門上了鎖，但鎖頭生鏽且老舊，他側身用肩膀將木門撞開，瞬間揚起灰塵。

「妳沒事吧？」他背向門口幫她遮蔽塵埃。

「我沒事。」她靠在他胸前點頭。

等塵埃散盡後，梁啟賢轉過身，兩人面向小木屋。小木屋只有一扇狹小的窗。陽光從小窗口探入木屋內，木屋的空間比她記憶中來得大，光線照不到的位置只有黑影，恍神中她彷彿看見掙扎時留下的印記，大腿感到如神經抽痛般的劇痛，手腕和腳踝像是被人綑綁住一般，緊緊勒住失去自由。

她身體蜷曲，因胃部緊縮而猛力乾咳。

「妳怎麼了？」他冷靜問道。

「喉嚨好痛。」她嘶啞地叫著，感覺有人正緊掐著自己的脖子，肺部失去空氣，像是條擱淺的魚。

「庭瑜，聽好了，不會有人傷害妳。」他柔聲說，但她什麼也聽不進去，四肢下意識地掙扎。

他為了抓穩她，手不小心碰觸到她大腿內側的傷疤。那道傷疤就像是一道開關，開啟她內心深層的恐懼，她就是在這間木屋被人撕裂衣服、讓她的身體不想被外人見到的地方裸露在他人眼中，將她的自尊、尊嚴狠狠從靈魂上剝離，一瞬間好想死、好想離開這個世界、離開地球，到一個沒有人的地方，或是投入海底讓自己沉沒。

梁啟賢抱不穩她，身體向後跌，兩人倒在地上。陳庭瑜依舊手腳不停拍打，他只好翻身跨坐在她身上雙手緊握住她的手。

她一臉驚慌看著他，背光下一瞬間彷彿看見他嘴角浮現不懷好意的笑容，嚇得雙腳上下揮舞。七年前的恐懼在她胸中炸開。

他彎下腰，頭靠在她的耳邊大聲說道：「庭瑜，冷靜！是我。」

她頓時停止呼吸，雙眼睜大，手腳也停止拍動，慢慢恢復理智。

他溫柔親吻她的額頭和雙頰，試圖安撫她，她才想起該怎麼呼吸，眼角流出溫熱的淚水。

「啟賢，我好怕，我覺得身體不是自己的了。我以為過了七年我早就揮去陰霾，而且有你在，我以為自己可以冷靜面對，但是我錯了。」她維持躺在地上的姿勢嚎啕大哭。

他俯下身緊抱著她，臉頰相貼，以沉穩的聲音說：「不用怕，我和過去一樣在這裡，一直在這裡看著妳，有我在，不會讓其他人傷害妳，因為妳是我的。」

他親吻她的唇，深深吻著，從她的臉頰到下巴、脖子，順手握住她的手臂幫她脫去外套，以唇碰觸她的肌膚，掀開她的衣襬雙唇劃過平坦的腹部和胸口，手緊抱住她的臀，再次起身靠向她的耳邊說：「感覺到我了嗎？這是妳的身體，也是我的，我會好好保護妳。」

她望著他不發一語，身體依舊顫抖不止。她不明白為什麼梁啟賢要在她充斥著不安回憶的地方，對自己做出和當時那些人相似的行為？她確實感覺到梁啟賢的觸碰和溫熱氣息，他的話和動作就像是深山裡野性的蛇，在她的四肢和手腳間攀爬。她心想他話中的含意，瞬間感到背脊一陣微寒，就彷彿——我的身體不是我的，是他的。

「庭瑜，妳真的認識梁啟賢嗎？」許維仁是這麼說的。她心想，我真的認識眼前的男人嗎？

第二章、疑心

2-1

兩人離開小木屋後，陳庭瑜依舊不發一語。她讓梁啟賢牽著走下山，天空不知在何時聚集了濃密的烏雲，遠處依稀可以聽見細微的打雷聲。

「看來快要下雨了，我們得走快一點。」梁啟賢說。

她沒回話，只是盯著路旁沒見過的野生花朵發呆。她出了小木屋後，一直思考著兩人過去相處的回憶。一開始梁啟賢對她總是很不耐煩，甚至表現出厭惡的態度，後來因為自己死纏爛打，他的態度才漸漸轉好。

對於他的過去，因家裡破產、喪母喪父，造成他心中的陰影，所以每次提起時他總是草草帶過，不願多談。在兩人這七年交往的時間，她從沒見過對方的家人，可她被愛沖昏頭，認為只要有對方，他的過去一點也不重要。但許維仁說的話讓她不得不在意，當時從未思考過的問題漸漸浮現腦海——

他又有什麼理由欺騙我？恰巧目睹我被綁架，卻等到最後一刻才救我，難道是覬覦我家的財產嗎？若是如此他又何必在最初對我表現如此冷淡？如果事實真如許維仁所說，那麼我和他相處的七年難道都是謊言？他的目的是什麼？但許維仁又何必在分手七年後，突然出現給我警告呢？他沒有理由對我扯出這樣的謊言，我們從學生時期就認識，相處的時間不亞於啟賢，我很清楚他的個性。可是時間經過了七年的空窗，又有誰能保證他在這段時間不會有所改變？陳庭瑜思索著，不禁望向梁啟賢的臉。

「怎麼了，腳痛嗎？下山還有一段距離。」他緊捏著陳庭瑜的手，背靠向她胸前，在沒有預告下將她揹起往山下快步走去。

「等一下，你放我下來，我自己走。」她瞬間雙腳騰空，因這突如其來的舉動感到緊張。

「妳受到驚嚇，我揹妳吧。」他沉穩回應。

「我要自己走！」她堅持，伸手打了他的肩膀，他這才鬆手，慢慢放她下來。

「好，妳想自己走也沒關係。」他緊牽著她的手，「從這裡走是捷徑，能提前抵達車站。」

「你是怎麼知道的？」她面露疑惑。

「我們上山時，我注意了一下四周的地理位置，車站應該是在那個方向沒錯。」他冷靜回應。

他的話沒有任何破綻，她沒理由質疑他。

她聽話跟著他下山，他的手指時不時搓揉著她無名指上的鑽戒，彷彿在提醒他們之間已經不是普通的關係了。

她心想如果要將對方視為自己未來共度餘生的人，兩人之間不應該存有任何祕密或是疑慮。究竟該如何向他開口詢問，難道要跟他說，我懷疑你七年前早就知情我被綁架的事嗎？

「啊，開始下雨了。」他驚呼，將她從思慮中喚醒。

他拉著她快步走下前方的階梯，一下階梯，出現和剛才上山時截然不同的景致。坡上的民房下方是一處冷清的小廣場，廣場旁散布書店和藥房等小型店家。

他用手幫她遮雨，帶著她躲到店家的遮雨棚下。

「還好嗎？會不會冷？」他把外套脫下，披在她肩上。從斜肩包裡拿出面紙細心幫她擦乾臉上的雨水。所有的動作是如此溫柔，和她所熟悉的他一模一樣。

「那個人好像隱藏了很多祕密，我不喜歡他。」她想起母親常掛在嘴邊的話。她每次聽了總是會反駁，她愛他為什麼母親不理解？對她來說她的命是他的，然而現在許維仁也說了質疑他的話。難道許維仁和母親串通好了？母親確實比較喜歡許維仁，因為對方父母都是大學教授，所以深受母親喜愛。但她母親是個潔身自愛的人，不會做出這種卑鄙的手段，許維仁也不像是這種人。

「妳真的很勇敢，我對妳引以為傲。」梁啟賢說著，伸手抱住她。她回神，驚訝地眨了眨眼睛，把頭埋在他胸前，他身上的氣息混雜著雨水沾染在她身上，她突然覺得好安心。

我到底為什麼會懷疑你？我不明白，但是心裡的不安還是揮之不去。她在心中默唸。

雨下得太大，他們只好趕緊拿回車站寄放的行李，冒著雨到附近的旅館下榻。好巧不巧，偏偏到了陳庭瑜七年前和許維仁一起住的旅館。

「要換一家嗎？這裡會不會給妳不好的回憶。」他體貼詢問。

陳庭瑜走到旅館門口張望，附近除了這家旅館沒其他選擇，而且他們都濕透了，身體發冷。

梁啟賢走到櫃檯，用流利的德文和對方交談。她站在一旁抱著手臂，不知道他們在說什麼。

她想起那一天她躺在小木屋裡，腦中一片空白，回過神，四周都是警察，而她躺在他懷中時，他也是用德語和警察交談。

「好了，已經拿到房卡。」他揮著手中的房卡微笑走向她。

「你剛才跟櫃檯說了什麼？」她向來放心讓他負責交涉，不曾過問他究竟如何應答。

「嗯？我告訴他們我們是夫妻，請他們給一間雙人房。」他微笑摟著她的肩，兩人往電梯的方向走去。

這裡的景物和她記憶裡相同，四面鏡的電梯和深藍色絨毯的走廊。抵達房間樓層，打開房門，馬上看見寬闊的大面窗，從窗邊可以眺望外頭的街道。

「先沖個澡吧。」他笑著關上門。

她點頭走進浴室裡，脫去身上濕透的衣服，站在蓮蓬頭下讓溫水給自己好好冷靜的機會。對於梁啟賢的過去，她確實知道得不多，但這能代表他必須被懷疑嗎？他的過去一點也不重要，她喜歡的是現在的他。她試圖說服自己一點也不在意，但她將來會成為他的妻子，對丈夫的過去只有模糊的輪廓，真的沒問題嗎？

她盯著自己手上的戒指發呆，身後突然傳來開門聲，嚇得她倒抽一口氣，忘記呼吸。

「妳沒事吧？去過小木屋後，妳一直怪怪的。」他脫去上半身的衣服問，「怎麼了？表情這麼吃驚。」

「我才想問，你怎麼進來了。」她雙手抱胸反問。

「我身體全濕，而且只有一間浴室。」他露出理所當然的表情，走進淋浴間。

她下意識後退一步。

「放心，我不會對妳做洗澡以外的事。昨天晚上該看的都看了，還在害臊嗎？」他笑出聲。

「你這人真是壞心眼。」她轉身捏了他的肩膀，卻不經意注意到昨夜沒發現的地方。他的身體，除了手臂上那道長疤外，髮際線上也有一道淺淺的疤痕，當他的頭髮淋濕剝開瀏海後才看得到。而在他的胸腔上，也有一條細長的疤。

「妳盯著我的身體，在想什麼？」他笑著，拿起水龍頭，幫她沖洗頭髮。

「你胸前和頭上的疤是怎麼來的？」她問道。

他把水龍頭關上，將她轉向自己，兩人在燈光下赤裸面對面，讓她的臉頰一陣通紅。水氣瀰漫在淋浴間，她抬頭看著他等待回答。

他嘆了口氣，伸手握住她的手說：「我母親過世後，父親連東山再起的意志都被消磨掉了，成天躺在家裡，什麼也不做，唯一做過還像父親的事就是在討債的人上門時，打開陽台的小窗戶，讓我爬到隔壁鄰居家避難，每次討債的事平息後，回家看他遍體鱗傷就讓我看不下去，然而也無心責罵他。」

他讓她的指尖輕輕劃過身上的疤痕，深吸了一口氣說：「這道疤是我試圖自殺時留下來的印記。母親過世一年忌日，父親喝得爛醉，我無法想像這些日子還要持續多久，於是偷偷開著父親的車試圖車禍自殺，這就是當時留下來的傷。」

「為什麼沒跟我提過呢？」她靠向前一步，手指沿著疤痕劃過，「很痛吧？」

「在那之後我父親也陪我母親去了，所以我不喜歡提起這件事。我不想讓妳知道太多我陰暗的過去，妳遭遇過比我更多折磨，希望至少能在妳面前保持堅強的一面。」

「你可以告訴我，我願意承擔你的一切，就像你承擔我的一樣。」她面露心疼，伸出雙手抱住他的脖子。

「妳真是溫柔，我很高興能和妳在一起，和妳一起活下來了。」他親吻她的雙唇，瞇細雙眼說：「我剛才說的話，有一半是假的。」

「老是講這種話，到底想說什麼？」

「我想說的就是這個意思。」他再次親吻她，蹲下身將她攔腰抱起，走出浴室。

陳庭瑜醒來時，從窗外看，天色已經接近傍晚，轉過身望向枕邊，這次梁啟賢沒有自己先離開，正側身面向她熟睡。胸前的疤，近看感覺更加清楚。

她從他身上的疤，不禁聯想到自己十二歲遇上的車禍。

「果然很痛吧。」她伸手摸摸他的頭，充滿同情和心疼。

每個人都有一些不想說的祕密，他一定也是。我又何必去挖他的傷疤，以後在一起還有很多時間，當他想說的時候，就會告訴我了。我不也在交往時隱瞞了自己身體的問題嗎？

當她陷入沉思時，梁啟賢突然睜開眼睛，抓住她的手，嚇了她一跳。

「妳醒了？沒想到妳這次這麼早就醒來。」他露出不懷好意的笑容坐起身，「關於我們要結婚的事，妳跟妳父母提過了嗎？」

「還沒，我想等我們回國後再告訴他們。」

「也好，我迫不及待看到妳母親怒髮衝冠的樣子了。」他苦笑，自嘲道。

「沒這回事，我父親很喜歡你，我相信他會幫我們說話。」

「我決定不管他們反不反對，只要妳願意跟著我，我就不會放手。」他微笑摟著她，手撫過她腿上的傷疤，「妳的傷口和陰影我也會一併接受。」

在他碰觸她的傷疤時，她努力抑制住不安的心情，但身體仍微微發顫。對她來說，那道疤是她不願面對的陰影，而他們兩人這幾日來的親密相處，他似乎特別鍾愛那道疤，想到此，使她四肢起雞皮疙瘩。

那只是我多想了吧？她心想。

「我實際上挺喜歡妳腿上的疤。」他像是猜到她在想什麼一般，如此說道。

這句話使她忍不住向後退。

「我腿上的疤？為什麼？」她問。不懂他為何喜歡這樣醜陋的疤。

「因為它在的位置只有我看得到。妳的前男友曾經看過嗎？」他問。一瞬間，她彷彿看見他眼中閃過一絲不悅，那眼神太冷，使她心裡發毛。

「當然沒有。我和他沒有到這麼親密的關係。」她慌張否認。

「那麼我就安心了。」他笑著，緊抱著她發顫的身體，在她肩頭上深深一吻，用力到像是咬的一般。

「你餓了吧，叫點客房服務。」她說道，從他身上爬起來。

他隻手撐著頭，側躺看著她裹上浴袍在自己面前走動，露出滿意的笑容。

他們點了簡單的套餐，坐在床上看電視。等待的時間，他一直抱著她，在幾天前，他們也不曾時時刻刻如此親密。不曉得是不是因為他們下榻的旅館是過去她和前男友一起住過的地方，她感覺到他身上散發出來的醋意。

這時，電話聲響起。

「這時間會有誰打來？」她說著起身，但他先一步接起電話。

她一瞬間腦海閃過許維仁的身影，對方該不會找來這裡了？要是他和啟賢提起什麼奇怪的事，該怎麼辦？她內心慌張。

門口傳來門鈴聲。

「庭瑜，妳去開門。」他微笑，一手掩著話筒。

她心懷不安走向門口，打開門正好是服務生送餐來。服務生將餐車推進房間後，離去前，將領餐單交給她。

她望著領餐單，赫然發現單子下還有一張紙條，攤開來看——

「凌晨三點，大廳等妳。　　維仁」

「餐點送來了，真快速。」梁啟賢微笑走向她。她故作自然將紙條和領餐單一齊放進口袋裡。

「剛才是誰打來的？」她聲音微微發顫問道，手不自然地摸向後頸。

「只是櫃檯打來問有沒有看到一個小女孩，貌似是走失了。」他說。

「希望能早日找到。」她鬆了口氣。

「我也是。」他微笑，伸手握住她的手。

他們用過晚餐簡單沖洗過身體，他擁著她躺在床上看書。

「明天妳想去哪裡？」他親吻她的頭問。

「我想再多待一天看看。」她回答。畢竟不曉得許維仁會跟自己說什麼，她決定多點保留。

「妳確定？這裡不是讓妳留下不好的回憶嗎？」他面帶驚訝。

「我今天太緊張了，我想多留一些時間，讓自己思考。」

「好吧，如果妳沒問題的話。記得我會一直陪著妳。」他疼愛地親吻她的耳畔。

深夜，她在他的臂膀中閉上眼睛，發出細微的鼾聲，實際上她根本沒睡著。沒吃助眠藥，她比較容易保持清醒。

不曉得過了多久，她睜開眼低頭看向手錶，時間是凌晨兩點五十三分。她側頭看向梁啟賢，他睡得很熟，表情很安穩。

她看他，心想自己是真的愛他，所以才答應把全部交給對方。但無論如何，她都必須和許維仁談清楚，澄清梁啟賢接近自己沒有愛情以外的企圖。

她緩緩起身，望了未婚夫一眼，眼神滿是關愛。她心想一切不會有事，或許只是一場誤會。這一晚結束後，她就會回來，掃除心中多餘的揣測和猜疑，他愛了她七年，沒理由傷害自己。

「我愛你。」她用嘴型說，悄悄換上衣服走出房門外。

陳庭瑜抵達大廳，在大廳的角落見到許維仁正坐在沙發上，低頭看著手機。她靠近沒幾步，對方已經抬起頭。

「妳來了。」他鬆了口氣，輕拍胸口，「我還擔心妳沒順利收到紙條，又怕妳無法逃離他的視線溜出來。」

「你為什麼認為我一定會來見你？」她雙手抱胸。

「我猜妳同意我上回跟妳說的話。」

「我才沒同意你荒誕的說詞，你懷疑的人可是我的未婚夫。」

「妳來了就表示妳懷疑他，這不是最好的證明嗎？跟我來，在這裡太危險。」他上前拉著她的手轉過身。

「我們要去哪裡？」

「放心，我不可能害妳，我有什麼理由傷害妳？」

她心想他的話沒有錯，只好選擇相信對方。

他們來到外頭一輛灰色小轎車前，車外貼了一小張黃底黑字的貼紙。陳庭瑜認出來那是瑞士有名的一家租車店標誌。

「上車談吧。」許維仁說。

陳庭瑜面露遲疑望著他看。他嘆了口氣，自己先打開副駕駛座，將窗戶拉下，接著才打開後座的車門，揮手示意要她進去。

「我開著窗，妳要是認為我想傷害妳，妳大可以大叫Hilfe（德語的救命）求救。」

她聽了對方的話，勉強同意坐進後座。

她上車後，許維仁也坐上車，發現她退縮在車門邊，一手勾著門把。

「妳怎麼認為我會害妳？」他嘆氣。

「你又如何肯定我能拿到紙條？」

「我為了要讓妳收到我的訊息，也算是賭了一把。我把紙條交給服務生，並且請櫃檯打了一通電話。我告訴服務生，如果來應門的不是女人，就不要把紙條交出去。」

「我到底在想什麼？竟然懷疑自己的未婚夫，跑來見你。」她說著轉身準備將門把壓下。

「我以為妳來是因為也發覺到他不正常的地方。」

「他哪裡不正常？」她聽到對方的話，停下動作反駁，但語氣心虛，不願意承認自己幾番的疑慮。

「妳知道在妳出事那天，他人在哪裡嗎？」他注意到她鎖骨上的紅印，難受地揉捏著太陽穴。

「他說了，他在路上碰巧看見我被綁架，所以才救我。」

「我指的不是這個意思。我是問妳，他那天為什麼會在盧森？他出現在妳附近的原因。」

聽到這個問題，她沒回應。她從沒問過梁啟賢，因為自己並不願談起太多當時的事。

「他七年前和我們住在同一間旅館，而且房號就在我們隔壁。」許維仁接著說。

「這怎麼可能，你有證據嗎？」陳庭瑜睜大眼。

「大部分的高級飯店都會留下信用卡之類的訂房資訊，以便再度光臨的旅客來訪時能迅速調閱出資訊，他的資料也是。妳自己看。」他手臂攀向副駕駛座，拿出一份資料夾，從中抽出一張紙交給她。

她望向紙張，上頭確實寫了梁啟賢的英文名字，以及所有訂房紀錄。

「這只不過是巧合，能代表什麼？」她雖然感到不可思議，但不願輕易懷疑，不禁反駁道。然而無法否認的是，梁啟賢從未提起自己也曾下榻同間飯店。

他深吸一口氣，一臉內疚地說：「其實在妳出事前，我早就見過梁啟賢。」

「蛤，什麼意思？」她一臉困惑。

「妳還記得，在妳出事幾天前，我們因為小事爭執，在首都伯恩的午餐時間是個別行動吧。當時我在一家速食餐廳用餐，有個華人來向我搭訕，跟我聊天，聊了旅行的目的，我和他說自己跟女朋友吵架，他問了關於妳的事，我雖然沒提到妳的名字，但大約提及妳的背景。」

「你想說那個人就是啟賢嗎？」

他點頭又說：「妳出事後，我得知有個同鄉的人救了妳，本來想查出對方的連絡資訊道謝，但對方當天接受醫院治療沒多久就離開了，所以沒能見上面，但我仍向醫院要了名字。後來回台灣，我好奇下請外交部工作的朋友幫我查詢那段時間旅外的名單，查出照片才發現他就是當時跟我聊過天的人。」

「但這跟他是不是共犯有什麼關聯？我們旅行的地方本來就是熱門觀光景點，他向你搭話也只不過是因為你是華人，所以好意跟你聊天。」

「妳不覺得這些事太巧了嗎？瑞士的新聞報導說犯人總共有三人，其中一人逃跑沒被抓到。要是逃跑的共犯一直在現場呢？」

「你想說共犯是啟賢？」她冷眼瞪向他。

「我只是說可能。我調查了關於他的背景，他是在德國就讀餐飲管理，對吧？他當時是怎麼跟妳提他來瑞士的原因？」

「他說他在附近的旅館實習。」她老實回答。

他搖頭說：「妳知道他當時本來有碩士畢業的口試嗎？我找到他德國碩班的同學，他們說他畢業口試臨時缺席。他身為班上的優等生，竟然在最重要的口試缺考，這點他的同學都很詫異。而他口試的日期就是在妳出事那天。」

「這只是證明他為了救我來不及回德國口試。」

「當時警察調查資料表示妳被綁走的時間是十點四十分，而他口試時間是下午兩點，但妳知道從瑞士抵達德國要多久嗎？最快也要將近三個小時，還必須搭一鐘頭的車到蘇黎世機場。更何況一個有重要考試的人，考試當天怎麼會還逗留在別的國家？」

她聽了啞口無言。

「我說了這麼多，妳還要跟他結婚嗎？」他握住她的手，深情地看著她，「過了這些年，我還是很想妳。」

「那你呢？我要怎麼相信你，我不清楚你突然出現在我面前的原因。」

「我對於妳遭遇的事一直很內疚，如果我當時陪在妳身邊，妳就不會遭遇這麼大的傷害，所以分手後我一直沒臉見妳。」他表情真誠，使她無法懷疑，畢竟在過去，她也曾深深愛過這個人。

他伸手緊抱住她，靠在她耳邊說：「庭瑜，就算妳不願意回到我身邊，我只求妳離開他，他不是真心愛妳的。」

她心中充滿困惑，如果許維仁說的都是事實，那麼梁啟賢與七年前的綁架事件肯定脫不了關係。她從許維仁身上感覺到他的體溫，這個擁抱就是她當時恐懼時最期盼的溫暖，事隔七年，如今又能如何？她現在愛的人是梁啟賢，然而許維仁的話，使她懷疑自己的抉擇究竟是不是錯了？

「維仁，也許他有什麼別的理由，所以……」

「我提出這麼多疑點，妳還要相信他嗎？」許維仁鬆開她，嚴肅望著她看，緊握住她的手。

她此刻心很混亂，她已經決定將自己交給梁啟賢了，確信自己愛的人就是他，為什麼現在心中卻如烏雲密布般，壓得她喘不過氣。難道和他相處的七年都是謊言，那些時光究竟算什麼？

她穩定自己的心意撥開對方的手，轉過身打開車門決定離開。

他抓住她的手，認真看著她：「別回去。」

她低頭看向自己左手上的鑽戒。

「妳的傷口和陰影我也會一併接受。」梁啟賢的聲音輕柔地在耳邊響起。

「我需要一些時間確定。」她嘴角顫抖，不確定自己該如何是好。

她甩開許維仁的手往回走，上了電梯回到她和梁啟賢的房間門口，心臟撲通撲通地跳著，房卡一刷，門亮起綠燈。她深吸一口氣用顫抖的手打開門，門一敞開，梁啟賢正坐在床邊看她，嚇得她倒抽一口氣。

「這麼晚妳去哪裡了？」他表情生硬。

「我胃有點不舒服，到櫃檯要了點藥。」她愣了半晌回答。

「妳不舒服可以叫醒我。」他說著走向她。她下意識後退了一步，他伸手從她腰邊滑過，耳邊傳來喀答的聲響，驚得她肩膀微顫。身後的房門已經被他反鎖。

「我看你睡得很熟，不忍心叫醒你。」她握著他的手，試圖證明自己的心意。

他順勢拉著她走到床邊，要她躺下休息。

「是吃了什麼不衛生的東西嗎？」他摸摸她冒出冷汗的額頭，聲音又輕又柔。

「這裡是瑞士，應該不可能食物中毒。」她微笑，「我想我可能是淋雨所以肚子受寒。」

「應該沒有感冒吧？」他吻著她的額頭。他的表情沒有半點可疑之處，依舊是那個溫柔愛她的人，使她無法相信許維仁所說的話是事實。

他應該沒發現我跑出房間是去見許維仁，沒有懷疑我的謊話吧。她心想。他幫她蓋好棉被，起身倒了杯溫水給她。

「喝點溫水，胃才不會冷冷的。」他說。

她喝了口水，什麼也沒想不久便睡著了。

睡夢中，她夢見他溫柔地抱著自己，兩人重回決定彼此共度此生的夜晚。他親吻她的唇，使她難以呼吸，並將手向下輕撫她的腹部。他的指尖觸碰她的腰線，滑過臀部，將她的左腳抱起，唇親吻著膝蓋，一直向下移動。她感覺他手掌的熱度，以及自己發麻的小腿。高舉的腳，血液往下流，腳趾發涼。

「妳是愛我的，對吧？會一輩子跟我在一起，是不是？」他停下動作，抬起頭看她。

她遲疑了，不曉得該怎麼回應。

「我說過，妳的身體是我的，我會接受妳的一切，妳的過去和妳的疤痕。」

他說著，起身靠向她，在她的脖子上用力親吻。她感覺到疼痛，發現被他咬了一口。他的手掐得她的大腿好痛，她舉雙手按著他的肩膀，卻不敢推開。

「我這麼愛妳，妳為什麼無法信任我？是我救了妳。」他低頭俯視她，眼神中充滿哀傷。

「啟賢，我沒有懷疑你，真的！」

「我是這麼愛妳，妳卻讓我好失望。」他的臉靠在她臉上，緊緊相貼，眼淚沿著她的臉頰滑落。

「對不起，我不該懷疑你。」她伸手捧著他的臉頰，內心充滿愧疚。

「妳會一直在我身邊，對吧？」他用氣音問道，親吻她的唇。

「會，我會一直陪你。」她摸著他的頭回應。

他親吻她的身體，手伸向她大腿上的傷疤，用力一捏，用唇親吻著說：「這樣才乖，因為也只有我能夠接受妳這道腐爛醜陋的傷疤。」

她感覺大腿內側傳來抽痛，抬起上半身一看，見到他溫柔的微笑，在他的手旁邊，她大腿上的疤不知何時膨脹成兩倍大，如冒泡的肉色水蛭，半透明的皮下是酒紅色的瘀血。

「怎麼回事？」她吃了一驚，內心滿是困惑。

「所以我說，只有我可以連同妳醜陋的一面一併接受，對吧？」他露齒而笑，靠向她的下腹吻著那道疤。

陳庭瑜被惡夢驚醒，猛然睜開眼，坐起身馬上掀開棉被檢視自己的左大腿，大腿的疤沒有半點異常，不禁鬆了口氣，但肩膀仍舊不安地上下起伏。

「庭瑜，妳還好吧。做了什麼夢？」他說著笑出聲，在她面前蹲下，直視她的雙眼。

「沒有啊。」她慌張搖頭，望著他內心有種難言的恐懼緩緩浮出。即使剛才所見全是夢。

「是嗎？我聽見妳發出很有趣的叫聲。」他笑著，在她身旁坐下，靠向前親吻她的臉頰。她的腦海一瞬間閃過想躲避對方的想法，但在做出行動前，他溫熱的唇已經吻上來。

「現在幾點了？」她堆起微笑問，掩飾身體的顫抖。

「現在已經下午三點了，我想妳可能是早上身體不舒服，所以睡晚了吧。」他笑著將桌上的餐點端到床上，「妳應該餓壞了吧。快點吃飯。」

「我怎麼會睡這麼久？」她爬起身，四肢很沉重，好像真的生病一般。

「吃點東西，休息一晚，妳就會有體力了。」他的笑容和以往一樣沒有任何變化。

她點點頭，拿起已經抹上奶油的可頌麵包放進口裡。他看起來很正常，坐在她身旁看著電視上播報的新聞。

「我睡覺的時候，你在做什麼？」她隨口問。

「嗯？我在附近逛逛，但沒多久就回來了，擔心妳醒來找不到我。」他笑著輕拍她的頭。她凝視著他，思考關於許維仁說的事。

「怎麼了？」梁啟賢輕捏她的臉頰，「還有哪裡不舒服嗎？」

「我突然想起，七年前我們第一次見面時，你當時怎麼會在瑞士？」她故作平常的態度，喝了口茶，微笑問。

「我不是跟妳說過了？我在瑞士的飯店實習。」

「是哪裡的飯店？也許我們可以去看看。」

「是在伯恩的一家飯店，現在那家飯店已經被整修過了，回去看也沒什麼意思。」他面無表情轉著電視，看不出心裡在想什麼。

「那麼你實習的時候，應該已經研究所畢業了吧。」她接下去問。

「怎麼突然一直問過去的事？」他轉頭看她，表情略顯不自然。

「我只是隨口問問。」她擔心被起疑，停止發問。

他將目光轉回電視，冷冷地說：「我當時遇到一些瓶頸，所以比其他同學晚完成口試才畢業。」

「什麼瓶頸？」她順勢問。

他停格幾秒，轉身湊到她身旁。她心想該不會是被發現了，內心感到不安。他靠向前吻了她，用冷漠的神情望著她說：「這件事就別提了，沒什麼了不起的事。」

她回神，他已經恢復平時溫柔的表情，露出微笑。

究竟有什麼事不能告訴我？她心想，但卻不敢再追問。她吃完飯後，濃濃的睡意襲來，忍不住閉上眼睛睡著了，朦朧的睡意中，隱約聽見他用德語不曉得在和誰說話。

和他通話的人是誰？她想著，心想爬起來問清楚，但眼皮一沉，又陷入沉睡。

2-2

陳庭瑜再次醒來時，睜開眼看見外頭的天色已暗。她不曉得自己為什麼會這麼嗜睡，難道是因為真的生病了嗎？

「妳醒來了？」他微笑看著她。她這才發現自己枕在他腿上。

「我又睡了多久？」她揉揉眼睛問。

「現在已經晚上九點半。」

「我一整天都在旅館裡睡覺。」她伸懶腰坐起身。

「妳吃完飯後，我也沒注意，轉頭一看，妳就又睡著了。」

她伸手摸摸額頭，溫度確實有點高，不明白自己怎麼能睡這麼久。

「我睡覺的時候，聽見你在講電話，有工作嗎？」她試探。

「對，剛好蘇黎世那裡的合作廠商打給我，說貨已經幫我海運回台灣。妳還記得吧？就是我們在蘇黎世找的那家香料店。」

她專心注意他臉上任何細微的表情，找不到半點破綻。

「嗯，我期待能吃到你店裡的新菜單。」她甜甜一笑。即便她懷疑對方究竟說的是不是真話，但她這句回答沒有半點虛假。

「胃還疼嗎？」他伸手輕碰她的腹部。她吃驚肩膀抖了一下，轉頭看向他，他臉上還是那溫柔的笑容。

「喔，已經好多了。」她微笑把手覆蓋在他手上。

「這樣就好，明天妳打算去哪裡？還要留在這裡嗎？」

她望著他的臉，心想如果再要求留在這裡，是否會讓他感到不自然？

「我想明天在這裡待個半天，吃過午餐後再移動到其他地方。去瑞吉山或是楚格的小鎮逛逛也行。」她露出微笑，卻笑得有點僵，擔心會被看穿，於是捧著他的臉，主動親吻他的唇。

「難得妳這麼主動。」他微笑，又吻了回去。

「就當作是我們的蜜月吧。」她微笑。

「是妳說的。」他得意一笑，吻了她的脖子，手伸進衣服裡抱住她纖細的腰，將她摟在懷裡。

她順應他的動作，身體不安顫抖，但卻不敢做出任何讓他起疑心的行為。她問自己是不是依舊愛他，答案是肯定的，只不過她害怕當獻上了自己的全部，對方是否也能同樣毫無保留地將全部交給自己？

她在他深情吻著她的鎖骨時問：「你愛我，對吧？」

「我愛妳。」他看著她的眼睛說。

這句話，她相信是真的，更希望是事實。他摟著她，手緊緊抱住她的臂，兩人依循著彼此的律動緊密貼合。而她腿上的疤，依舊時不時刺痛著她的皮肉和心靈。

#

早晨陽光穿過窗簾，陳庭瑜在未婚夫的呼喚下甦醒。

「早安。」梁啟賢說著，親吻她的額頭。

「早安。」她聲音慵懶地回應。

「有哪裡不舒服嗎？」他問。

她搖頭，睡過一覺精神好多了，不像昨天那般嗜睡。她甜甜一笑：「但是我餓了。」

「要我叫客房服務嗎？」

「不用，我們下去吃早餐吧。」

他微笑走下床，伸出雙手將她拉起來，親自替她換上衣服。

他們搭電梯到了大廳，早餐的餐廳和酒吧分別在大廳左右兩側。經過時，她忍不住瞥向酒吧，裡面只有零星幾個西方人在聊天喝酒。

「怎麼了，有認識的人嗎？」梁啟賢問。

「沒有。」她慌張轉過身。她望著他微笑，雙眼注意他的表情，想看他是否知道她和許維仁見面的事，但他沒有半點異狀，握著她的手一起走進餐廳。

她坐在餐廳裡，心想自己昨天只有吃兩個麵包和一杯熱紅茶，就忍不住一口氣夾了滿滿三盤食物。

「妳看來真的是餓壞了。」他笑著伸手幫她擦去嘴邊的麵包屑，身後的陽光讓他的頭髮透著褐金色，他臉上掛著柔和的笑容，眼前景象美好得像一幅畫，唯獨她心中那些尚未被抹平的疑惑，在畫布上留下一粒粒不和諧的疙瘩。她決心無論如何都必須讓事情恢復原本正常的狀態。

用餐途中陳庭瑜去了趟廁所，廁所就在大廳櫃檯後方，她觀望四周，確定梁啟賢不在附近，悄悄走到櫃檯用英文詢問了梁啟賢過去的訂房紀錄，然而結果卻和先前許維仁提出的資訊相違，結果顯示梁啟賢在這裡是第一次訂房。

「怎麼回事？」她喃喃自語，面露困惑。

這時，櫃檯的人突然問了她的名字，她回答後櫃檯的人拿了紙條給她。

紙條上寫道：「妳一直沒出房間，我偷偷問了負責你們房間的清潔人員，她說梁啟賢特別要求不要打攪，說妳身體不適，一直昏睡，還向櫃檯問了藥局的位置買了一些藥。妳沒事吧？留訊息給我，讓我知道他沒有傷害妳。　維仁」

究竟是許維仁偽造資料，還是梁啟賢向櫃檯動了手腳？她草草留言後，茫然走回餐廳。

「妳還好嗎？臉色不太好看。」梁啟賢看到她，關心問道。

「我沒事，一下子吃太多，所以有點反胃。」她沒說謊，剛才那張紙條已收進口袋裡。她明白許維仁的意思──梁啟賢是不是對妳下藥了，所以妳才會一直沉睡。

窗外一片烏雲飄過，原先美好的畫面瞬間被陰影掩蓋。她盯著他的雙眼，手臂頓時寒毛直豎。

早餐結束後，兩人搭市巴士到著名的觀光景點──垂死獅子像。隔著水池，對面洞窟中，一頭巨大的石雕獅子橫躺著，腰部中了一劍，但仍努力緊抱住懷中的盾牌，盾牌上是象徵法國王家的鳶尾花。

「這是為了紀念保護法王路易十六而喪命的士兵們。」他牽著她的手說。

「牠的表情看起來很痛苦。」她盯著雕像回應。

「或許那是因為知道自己會死，所以在忠貞與恐懼中掙扎。當時一千一百名士兵絕大多數的人都罹難了。」

「這麼多人，他們沒有任何一人有逃跑的念頭嗎？我是說畢竟面對死亡不容易。」

「如果他們堅守的信念已經大到超越自己之上，那麼不計代價奉獻出性命奮鬥也不奇怪。」他回答，轉頭看著她微笑，「對我來說，妳也是那般存在。」

她回以微笑，他的話讓她心動，但同時莫名感到恐懼，忍不住伸手碰觸收在口袋裡的紙條。紙條躺在她掌心，產生一股發燙的錯覺。她接到紙條後又請櫃檯留下訊息給許維仁，這是否代表她不信任梁啟賢呢？她不由得感到內疚。在他向自己求婚那天，她接受了，也許諾會和他永遠在一起，怎麼卻又做出像是背叛他的事？

此時，他們身後傳來小孩的哭聲。她轉過身看，一名年約五歲的小女孩跌坐在地上嚎啕大哭。她走向前在小女孩面前蹲下，小女孩是亞洲人，不曉得是哪一國的孩子。她先試著用中文問話。

「妹妹，妳怎麼了？妳媽媽呢？」

小女孩停止哭泣，抹了抹眼睛望著她看。

「妳聽得懂我的話嗎？」她又問，但小女孩沒回應。

「她應該是跟媽媽走失了。」梁啟賢圍到兩人身旁，「也許不久她母親會回來找她，這段時間，我們先陪她吧。」

他們買了一枝冰淇淋給小女孩，一起坐下望著前方的獅子像。小女孩一句話也沒說，只是乖乖坐在兩人之間吃冰。

「Is that your daughter?」一名外國老婦人上前和他們聊天。

「Yes.」梁啟賢回答。陳庭瑜明白他這麼說是因為若要解釋小女孩和家人走失了，自己只是暫時照顧恐怕會讓人感到可疑，所以索性回答是。

「She's very cute, like you.」婦人說著對陳庭瑜微笑後便離開了。

她聽了低頭望向認真吃冰淇淋的小女孩，忍不住伸手摸摸她的頭。梁啟賢這時突然靠向前，隔著小女孩親吻她的唇。

「喜歡的話，我們以後可以領養一個。」他對被自己嚇了一跳的陳庭瑜微笑。

「嚇死我了，妹妹還在這裡耶。」

「她很認真吃冰，不會發現。」他笑著，見她生氣的模樣，露出得意的表情。

她望著他的笑臉，心想旅館的數據和買藥的事，會不會全是許維仁假稱的？也許根本沒有那麼一回事，自己依舊可以安心嫁給梁啟賢。她如此堅信，然而卻想不到許維仁有任何理由騙自己。

「庭瑜，就算妳不願意回到我身邊，我只求妳離開他，他不是真心愛妳的。」許維仁說出這句話時，表情很真誠。過了七年，他看起來比學生時期來得成熟，他的個性很樂觀開朗，不像是刻意說謊意圖拆散她和梁啟賢。

他突然繞過小女孩，從背後握住她的手說：「妳不用在意，雖然我希望能有妳的孩子，但讓妳快樂才是最重要的。」

他似乎看穿她此刻正在煩惱，只不過煩惱的是別的事。她愣了愣，對他微笑親吻他的臉頰代替回應。

不久，一對父母慌張跑向他們，小女孩看到家人立刻站起身。那對父母用韓文和他們對話，梁啟賢開口說英文解釋他們不是韓國人，並說明遇到小女孩的經過。那對差點弄丟孩子的韓國爸媽對他們道謝後離去。

「她能找到父母真是太好了。」他對她微笑。

他們離開垂死獅子像，緩步往車站的方向移動，找了間可以望向街景的小餐廳吃午餐。歐洲餐點喜歡加番紅花在米飯裡，她向來不習慣那樣的味道，而且西方的米煮起來不像家裡的米那般柔軟順口。他看得懂德文，細心選了幾項她會喜歡的餐點讓她挑選。

她吃著飯，望向窗外街景，休閒的上午讓她彷彿忘記七年前這座城市曾給她帶來的傷痛。那時她還沒時間好好體會這座城市，重遊此地又是另一番風景。

「時間會幫助妳忘掉不愉快的事，我也是過來人，遇見妳才讓我明白自己真正想要的是什麼。」他看出她的心思，伸手握住她的手。

她凝視著他微笑，心想他真的會是陪伴自己一生最好的人選，不過前提是必須撤除那些令她不安的疑惑。

「妳最近沒再吃助眠藥了嗎？我發現妳的藥一直沒動。」他突然問。

「你翻過我的皮包嗎？」她表情驚訝，心裡有些發毛。

「因為妳說身體不舒服時，我找過妳的皮包，看是不是有藥放在裡頭。」他回答，表情沒有一絲動搖，似乎覺得是理所當然的事。

她愣了幾秒，心想若真的是為了找藥，也許並沒有想像中嚴重，堆起微笑說：「我最近心想是不是該試著戒掉助眠藥，雖然醫生說這對身體沒有太大的副作用，但我想藥吃多了還是不好。」

「也對，但如果妳睡眠出問題，最好還是再看一下醫生比較好。」他微笑，沒再多說什麼。

她慶幸先前許維仁給她的紙條沒有收在皮包裡。她不敢想像要是被梁啟賢看到了會發生什麼事？

下午，他們搭了火車登上瑞吉山。在七年前，陳庭瑜和許維仁本來就是為了這座山才來到盧森，當時因為她出意外，所以最後沒能去成。

列車停站，幾名遊客上車。她望向窗外，外頭濃霧瀰漫，不曉得上山是否可以看到山下的風景。

「冷嗎？」梁啟賢握著她的手，溫柔問道。

「還好。」她微笑。她心中的疙瘩尚未撫平，現在卻上山觀光不禁忐忑不安。然而放慢腳步是必要的，畢竟不能讓他發現自己在懷疑他。她希望到後來能夠證明他是被冤枉的。

「過了這些年，我還是很想妳。」許維仁是這麼說的。她回想對方的話，那麼他又是以什麼目的來告訴自己這些事？

火車爬上陡峭的山坡，抵達終點站。梁啟賢牽著她走下車，走了十多分鐘來到海拔一千八百公尺的山上。他取出圍巾圍在她脖子上，兩人站在圍欄邊觀看，薄薄的雲霧下，隱約可以看見山下的楚格湖。

「如果雲淡一些，可以看得更清楚吧。」她遠眺著白茫茫的霧氣喃喃自語。

「再等一下，現在有些風還有機會。」他緊握著她的手。

「你當時來到盧森，是來觀光嗎？」

「可以這麼說。當時實習結束，所以我到盧森來散散心。」他鬆開她的手，望著她問：「妳這幾天怎麼突然對我的過去這麼好奇？」

她急忙想了個理由說：「我想多知道你在讀書時的事，以前因為這裡留下的陰影，所以我不想接觸任何和這裡相關的事物，但現在我已經好多了。」

「妳看看！」他說著突然指向山下，此時霧氣已經散盡，可以清楚看見清澈的楚格湖。湖水閃爍著陽光金黃色的光影，遼闊湖面與翠綠的山稜，白色雲朵點綴在高空中，和湖面相映襯。

「我很高興這幅如畫的景色是和妳一起觀賞，七年前妳沒能見到，現在和我一起，妳開心嗎？」他望著她微笑。

「我當然開心。」

「妳和許維仁分手後，還有見過面嗎？」他接著問，眼角依舊帶著笑意。

「當然沒有。你怎麼會突然問這個問題？」她慌張回答，忽然發覺自己是否太過焦急否認，而可能引起對方懷疑。

「我只是認為既然妳說妳已經好多了，所以我也可以問問妳的過去。我不介意你們見面，畢竟他是妳的初戀，不是嗎？」他表露出輕鬆的態度。

陳庭瑜望著他的笑容，心底一瞬間彷彿起了雞皮疙瘩，不明白他的話是不是真心的。這話聽起來就像是模仿她剛才探問他過去的藉口一樣，似乎在暗示——不要再詢問任何關於瑞士發生的過往。

難道他知道我和許維仁見面的事？更奇怪的是，為什麼他會知道許維仁的名字？我從未和他提過前男友的名字。她心想。

「我有和你提過許維仁的名字嗎？」她忍不住問。

「有呀，只是妳忘記了吧。」他微笑，雙眼瞇起。

「果然是我忘了。」她堆起笑容，表情不安。她不是那種喜歡和現任男友提起前一任的女生，難不成真是自己說漏嘴？

「這裡真的好美，就和妳一樣。」他摟著她的肩膀，趁著霧氣再次遮蔽山下的景色、遊客散去，他們接吻。她努力專心呼應他的吻，即便她此刻的心就像被濃霧掩蓋的湖面一般，白茫一片，什麼也看不見。

離開瑞吉山，兩人搭乘火車，經過一個鐘頭的車程抵達楚格。楚格與其名淵源相同，緊鄰楚格湖。

離開車廂走進車站，陳庭瑜不停張望。梁啟賢從她身後握住她的手，將她拉向自己，笑著問她：「怎麼了，在找什麼嗎？」

「沒什麼，只是第一次來這裡，有點新奇。」她擠出微笑。

「妳別因為這裡不是盧森就大意了，隨時跟緊我，不要落單。」梁啟賢緊緊掐了一下她的手，往前走。

她微笑，嘴角微微顫抖。然而眼角瞥見在車站斜對角的超市站著一道熟悉的身影，她轉過頭假裝沒看見。

走出車站走沒多久便可看見楚格湖，他們先找了一間附近靠湖的飯店訂房放行李，隨後沿著湖畔散步。兩人坐在湖邊，揚起頭望向高空，可見跳傘飛揚，飛越湖畔往附近的空地飛去。五顏六色的跳傘，顏色十分鮮艷美麗。

「離開盧森，感覺心情輕鬆不少了，不覺得嗎？」他看著她。打從走出車站後，他們的手一刻都沒有鬆開過。

她微笑對他點頭，心中思考對方這些行為在情侶們眼裡，應當是相當正常的事，沒必要多慮。然而，現下的問題是要怎麼和許維仁連絡上？她眼角瞥了梁啟賢的手一眼，感覺對方捏了一下自己的手背。

「我想去洗手間。」她說。

「那我陪妳去吧。」他準備跟著起身。

「沒關係，我一個人去就可以了。」

「妳單獨去我不放心，我跟妳去，在外頭等妳。」他牽起她的手站起身。

他們走回車站，他站在女廁外牆邊等她。她一個人走進去。女廁的位置位於超市的斜對角，約八十公尺的距離。

「該怎麼辦才好？」她待在廁所隔間裡思考，從包包裡找尋有什麼可用的東西，拿出手機打開來看，心想或許可以用手機連絡對方。但她想起梁啟賢曾經翻過她的皮包，要是哪天他偷看自己的手機，那麼馬上就會被發現，況且她不確定許維仁的手機號碼是否沒換，也無其他聯絡方式。

正當她在煩惱時，眼角突然瞥見某樣東西。

「讓你久等了。」她走出女廁，對梁啟賢微笑。

「妳還好嗎？妳進去十多分鐘了。」他眼神溫柔詢問，伸手馬上又牽起她的手不放。

「因為我肚子有點痛，去拉肚子。」她尷尬一笑。

「不舒服的話，需要先回飯店休息嗎？」他體貼詢問。

「沒關係，我想去超市買些小點心，坐在湖邊看風景，或是在市鎮散散步，順便買些紀念品回家。」

「也好，我也想買些禮物給妳爸媽。」他點點頭，兩人一起走進車站裡的超市。

即便進了超市，梁啟賢依舊牽著她的手不放。他們在超市的架子間穿梭，她掃視架上的食物，一邊穿過架間的空隙查看。

她確信許維仁還沒離開超市，除了這裡，他們沒其他顯眼的地標作為接觸點。車站太過顯眼，湖邊則太遼闊，她想不到其他機會。她也明白許維仁並沒有辦法跟蹤而不被發現，對方向來不是善於隱藏自己的人。

她從冷凍食品櫃一直逛，逛遍每個商品架，梁啟賢始終牽著她，像是被她拖著走。她眼角瞥見縫隙間似乎也有人正看向自己，她推開架上擺滿的零食，朝著對面看，聽見另一邊傳來塑膠袋磨蹭的聲響，往對面伸出手——

「庭瑜，妳在找什麼？」梁啟賢突然從背後開口，她吃了一驚轉過身，手還放在架上。

「妳找遍了整間超市。」他面帶微笑看她。

「我、我想不起來朋友託我買什麼，只記得是一個黃色包裝和紅色字的東西。」她急忙找理由，隨手取下架上的零食晃了晃裝作在找東西。

「可是妳想不起來是什麼？」

她搖了搖頭：「我只記得包裝，其他的不記得。」

「那我想妳應該問清楚再來找，回國前都還有時間。」他牽著她離開架子。

最後他們只買了一包巧克力。她沒多做停留，也沒回頭，跟著他走出超市。

他們離開幾分鐘後，許維仁走出超市，手中拿著一團衛生紙，衛生紙上頭寫了幾行字和一間飯店的名字。

2-3

陳庭瑜和梁啟賢在楚格的小鎮吃過晚飯後，兩人手牽手散步。昏黃的燈光和木造小屋使街道營造出溫馨可愛的氛圍，七月末的瑞士還可看得到各色美麗的繡球花。今天恰好是星期五，路人牽著狗神態悠閒地經過兩人，露天咖啡廳喝茶聊天的男人們高聲大笑，歡樂的氣氛瀰漫四周。然而陳庭瑜卻眉頭深鎖，無法感受到愉悅的氛圍。

「妳怎麼了？我看妳心情不大好，晚餐也沒吃多少。」梁啟賢停下腳步問。

「沒事，只不過最近胃口不大好。」她微笑試圖安撫對方。自從看到了許維仁的紙條後，她心情鬱悶，自然胃口差。

「不然就早點回飯店休息吧。」

「我想回楚格湖邊坐著休息，還不想太早進飯店。」她回答。現在她不希望這麼快單獨跟他待在房內。並不是不信任他，而是兩人單獨相處時，許維仁說過的話會不斷浮現，這使她不清楚該怎麼面對梁啟賢。

兩人搭上路面電車回到湖畔邊。這段路上，她不太說話，而他也保持沉默。下車走向湖邊，此時天色才完全暗下。湖邊燈光映照在水面上，看起來格外寧靜。

「我發現妳這幾天一直心神不寧。」梁啟賢突然開口。

「可能是盧森的事，我還沒完全釋懷。」她找了個藉口，但不完全是謊言。

「妳不需要釋懷，那件事已經成了妳的一部分。我是說每個人都有陰影，不一定非要勉強自己接受不愉快的事。妳該慶幸當時沒有被得逞。」他微笑。

「該慶幸？」她露出不愉快的表情。

「確實那不是件令人開心的事，我只是試圖想讓妳樂觀看待。」

「我知道你是好意，只是我不像你那般成熟，可以看得這麼開。」

「我也有一兩個陰影無法釋懷，不像妳想像得成熟。我的母親因父親經商失敗，受打擊病重過世。這件事我從沒試圖讓自己解脫，因為事情發生了，不能改變，我只能試著讓自己繼續活下去。而我慶幸這件事讓我遇到妳，若過去沒有那些事情，我也不會在瑞士遇到妳吧。妳讓我找到活下去的意義。」

陳庭瑜聽了主動握住他的手，輕柔撫摸著，動作中充滿愛惜。

「我在遇到妳之後，試著把過去不愉快的事往好的方面思考。」

「舉例？」

他伸手摟著她的肩膀，靠在她耳邊說：「例如說，我慶幸妳的第一次是屬於我的。」他說著笑出聲。

「別拿我開玩笑。」她耳朵發燙，輕推他的肩。

「我是認真的。」他說著，摟住她的腰，「妳昨天昏睡時，我先和妳父親談過了。」

「嗯？」她抬頭望向他的臉。

「我和他提過我們決定要結婚的事。雖然這件事應該當面說才對，但我希望能早點得到他的同意。」

「這麼突然？」她眨了眨眼。

「妳不高興嗎？」

「沒有，只是沒心理準備。」

「放心，回國後，我會再好好跟妳父母報告。」他吻了她的髮梢，「我只是希望能早點確定我們之間的事，不這麼做心裡總不踏實。我愛妳，怕妳突然反悔和我結婚。」

「我已經答應你的求婚了，又不是小孩子。」她看著他擔心的模樣，不禁柔聲安撫。

「可能是我多想了。一想到妳母親會很反對，我就不安心。」

「如果她不答應，我們就私下結婚，我跟著你私奔，她也不能說什麼。」她伸手碰觸他的臉頰。

「不行！」他突然語氣強硬，抓住她的手，嚇了她一跳。

「妳這麼做，妳的家人會難過。」他鬆開她的手，放輕語氣，「況且要是妳跟著我私奔只會吃苦，不論如何必須讓妳家人同意。」

「那如果不同意呢？不同意你就不要我了，是嗎？」她鼓起臉頰問。

他靠向前親吻她的唇，微笑說：「沒有我妳能去哪裡？妳還能跟其他男人擁有特別的關係嗎？」他的指尖輕滑過她的脖子，她突然覺得脖子涼涼的，頓時說不出話。

「我想我真的太急了。就算妳母親不答應，妳一樣還是我的人。不管要花多少時間，我還是會得到妳。」他不等她回答，自己先回應，在她的脖子上深深一吻。

兩人回飯店洗澡後上床睡覺，深夜陳庭瑜睜開眼瞧了一眼手機，時間凌晨四點，當她想悄悄掀開棉被離開時，梁啟賢從背後抱住她，讓她不得動彈。

「哪兒都別去。」他在她耳邊低語。

陳庭瑜驚嚇轉頭望向他，見他緊閉雙眼轉身繼續睡，恐怕只是夢話。

她默默等著，過了半小時才偷偷下床搭電梯抵達飯店停車場。走了幾圈，搜尋車牌，找到了許維仁的車子。許維仁見到她，趕緊開車門讓她上車。

「我等了妳好久，怎麼現在才來？」許維仁慌張問。

「沒什麼，我只是想確認他睡著了才過來。」她坐進副駕駛座。

「這幾天沒事吧？妳那幾天一直沒出門。他又不曉得到底買了什麼藥，我沒見到妳很擔心。」

「你多想了，他沒必要對我下藥。況且你給我的訂房資料，我問過櫃檯，他七年前並沒有在那裡住宿過。」她搖搖頭。面對許維仁，她並不想說出懷疑自己未婚夫的話。

「不可能，我確實向櫃檯要了過去的資料。肯定是他擔心妳查到，要求旅館刪除。」

「難道就不可能是你假造資料，為了要我相信你嗎？」她反過來問。

許維仁嘆了口氣，瞥見她脖子上的吻痕也不再和她爭，直接拿出一張剪報交給她。

「這份報導給妳看看。」

她從他手中接過舊剪報，上面報導了梁啟賢的連鎖餐廳新開幕。上頭大致介紹梁啟賢的生平，從小家裡破產、父母雙亡，努力奮鬥求學的經驗，也簡短提到他們交往的事。這些事情她早就清楚了。

「這份報導有什麼問題嗎？」她蹙眉問。

「他的父親實際上還活著。」

「怎麼可能？他有必要這麼說謊嗎？」她愣了幾秒反問。

「如果他有祕密不想讓人知道，那麼將最瞭解自己的人藏起來，不就好了？」

「你有證據他父親還在？」

「他父親住在基隆一家療養院裡，似乎是中風住院，一直有定期在接受治療。」他說著拿出另一份資料交給她。

她接過來看，資料上不僅寫了梁啟賢父親的住院日期，還有詳細病況的資訊。中風和糖尿病，以及一些心血管疾病，上頭還附有照片，雖然一臉病容，但仍看得出來是梁啟賢的父親。

「我不懂為什麼你能得到這些資料。」她搖了搖頭，目光離不開上頭的照片。

「我請了徵信社幫我調查。」他嘆了口氣，似乎很不情願回答。

「徵信社？為什麼你要做到這個地步？」

「我們失去聯絡許久，一年半前我恰巧遇到洪珮雯，問了妳的狀況，才曉得妳和梁啟賢交往。我之前就覺得他很奇怪，調查後才明白這些事。」

洪珮雯是兩人共同的朋友，留學時期別校的台灣留學生，自然知道陳庭瑜的近況。

「難道你知道他的目的嗎？」她不禁問。

「這件事我還沒調查清楚。但是知道了這些巧合，不能不提防他。如果他接近妳是有目的的呢？譬如說妳家的財產？」

她想起昨天傍晚在湖邊，當她提起私奔時，梁啟賢激動的態度。

「我……」她目光游移，不曉得該怎麼回應。

「妳真的這麼喜歡他嗎？」許維仁靠向前，手指輕觸她脖子上的吻痕，表情複雜。

「你說的還只是猜測，也許他有別的原因。」她回答得心虛，還無法理清自己的想法。

「我現在還是時常會想起妳。除了內疚，更多的是不捨，如果七年前沒發生那件事，我們現在是不是還在一起？所以我很想弄清楚當年事情的真相。」許維仁一臉感嘆握住她的手。

她愣住，抬頭望向對方，一瞬間想起兩人學生時期青澀的記憶。

「維仁，我……」她思考該怎麼回應，突然口袋傳來震動。她吃了一驚拿出手機一看，上面顯示著梁啟賢的名字。她以眼神向許維仁示意，戰戰兢兢地接起電話。

「喂？」

她話才剛出口，隨即聽見梁啟賢的聲音：「庭瑜，妳去哪裡了？」

他的聲音聽起來十分冷靜，比起慌張找人的態度，這樣的語氣反而讓陳庭瑜更加不安。

許維仁聽見電話裡的聲音，屏氣不出聲。

「喂？聽見了嗎？」他再次開口，依舊是沉穩的語調。

「我出門晃晃。」她隨口回應，語氣微微發顫。

「一個人？」他又問。

陳庭瑜望向許維仁說不出話。許維仁安靜點頭示意她回以肯定的答案。

「對。」

「在這個時間？」

陳庭瑜低頭看向手錶，時間是凌晨五點半，這麼早一個人出門確實不自然，更何況陳庭瑜曾經遭遇過綁架，理應不敢再單獨行動。

「我在飯店裡，所以很安全。」她看見許維仁迅速寫的字條，聽話照著唸。

「在飯店不代表自己出門就不會有危險。」話筒另一端傳來嘆息聲。

「我知道了，我會趕快回去。」她說完便掛斷電話。

「他不會是猜到妳來見我吧？」許維仁不安地問，「我擔心妳的安全，別回去了，乾脆跟我走。」他握住她的手，真誠地望著她。這表情和他們過去交往時是相同的表情，只不過比起過去，又多了份擔憂和不捨。

她在短短數日知道了太多關於過去的事，對於這些天躺在自己身邊的未婚夫究竟能不能信任而感到不安，但她卻又難以拋下梁啟賢離開。
「拜託妳跟我走。」許維仁伸手輕觸她的臉，「趁一切還沒太遲，快點離開他。」
「妳的傷口和陰影我也會一併接受。」
「我愛妳，怕妳突然反悔和我結婚。」
她想起梁啟賢的話，無法想像如果自己就這麼拋下他，對方會怎麼樣？
「抱歉，我沒辦法跟你走。」她搖搖頭，撥開許維仁的手。
「即使他是個可怕的人，妳還是愛他嗎？」許維仁在她打開車門前問道。
陳庭瑜停了幾秒回答：「我還沒想清楚該怎麼做，但我確實愛他。」
「那至少告訴我妳的行蹤，我好保護妳。」他迅速寫下自己的聯絡方式，塞進她手裡。
她緊握著許維仁給自己的紙條，轉身頭也不回地離開。

陳庭瑜搭著電梯抵達房間所在的樓層，拿出房卡開門時，她的手在顫抖。一方面是擔心如果許維仁的警告是真的該怎麼辦，另一方面害怕要是梁啟賢知道他們偷偷見面會決定離開自己。
「我回來了。」她打開門，試圖做出自然的態度。
他表情平淡，坐在床邊沒吭聲。
「我睡到一半醒來，睡不著就去飯店大廳晃晃。」她微笑再次解釋，對方反應如此安靜讓她很害怕。

「睡不著妳可以待在房裡看電視。」他聳肩，表情還是很僵硬。

「我只是怕吵醒你。」她伸手碰觸他的手背，試圖得到諒解，但他卻隨即將手抽開。

「你生氣了？」她害怕地問。她很少見過對方如此生硬的表情，這表情只有在兩人交往前，她硬纏著對方時見過。

「妳知道我有多擔心妳嗎？」他轉頭看向她。

「我想說只是在飯店裡……」她心虛回應。

「妳這趟旅行已經不只一次單獨行動，妳讓我很不安。我覺得妳不信任我。」他直盯著她的臉，眼神中閃爍著火光。

她心想該怎麼做才能重新獲得他的信任。

「我絕對沒有不相信你。」她回答，內心卻很不踏實。

「妳真的想跟我結婚嗎？如果妳不信任我，我不曉得這婚還該不該結。如果妳反悔了，可以跟我說，我會接受。」他表情轉為哀傷。

「我沒有不想結婚。」她未經思考直接反駁道。

「那妳要怎麼讓我重新相信妳？妳怎麼看待我，還愛我嗎？」

「相信我，我還是愛你。」她望著他，這句話沒有虛假。現在她最害怕的已經不是梁啟賢有沒有騙過自己，而是害怕對方離開她。

她捧著他的臉再次說道：「我愛你。」

她靠向前吻了他的唇，希冀得到寬恕。她將他推倒，脫下他的衣物，經過幾次經驗，已經不像過去那般羞怯。她坐在他身上，脫去自己的衣服，牽起他的手放在胸前，另一手伸向對方腿間，引導對方勾起渴望。她從沒做過這樣主動的行為，一想到自己現在沉溺的神情不自覺感到羞赧，雙頰漲紅。

她青澀的動作顯得楚楚可憐，他見了原先氣憤的心情被轉移至另一種亢奮的情緒，身體隨之產生反應，抱起她滑進她的內部做出回應。她受到刺激，興奮感衝刺著神經，但遲遲不敢做出更大膽的舉動。而他順應著身體反應，摟著她的腰，要她再靠向自己，將自己的臀部向上抬，使她忍不住喘息。

「告訴我妳想要我。」他說著，一手摟著她的腰帶動她身體律動。

她羞恥地感覺到自己的生理反應，雙頰映上緋紅，汗水沿著背脊滑下。

「我想要你。」她閉上眼回答，感覺身體發燙。

「想要必須靠自己得到。」他像條蟒蛇，直盯著她看。

她身體慢慢往下沉，感覺和他的身體緊緊密合，忍不住停下動作。

「拜託妳跟我走。趁一切還沒太遲，快點離開他。」許維仁的話語在耳邊繚繞，對方溫柔碰觸臉龐的溫度，隨著記憶曖昧模糊地浮現。

她一時陷入茫然，身體僵硬。

他注意到她的異狀，摟著她的腰，帶領她放下矜持。她在引導下將理智拋諸腦後，忘記許維仁的告誡。她露出了恍惚的表情，手伸向他的胸膛。

他歪嘴一笑，抱著她，轉身將她壓在底下。他的唇在她身上不停游移，從柔軟的雙峰向上移動到鎖骨、脖子。

她下體傳來撕扯般的疼痛，過去的舊傷被拉扯到，痛得叫出聲，但梁啟賢並沒有停下動作。他抱住她的腰，在她的脖子上留下吻痕，汗水和淚水同時自她的臉頰滑下。

陣陣疼痛傳來，她伸手抱住梁啟賢的脖子。梁啟賢氣憤地望著她，吻著她的耳畔，喃喃說道：「妳是我的，永遠都是我的。」

他們在深夜裡纏綿，濃烈的氣味瀰漫在空氣中。四肢和髮間濕汗，她累得仰躺在床上。

他將她抱起帶到浴室裡，浴缸開始放水。他把她放進浴缸裡從背後抱住她，兩人泡在溫熱的水中。她累得靠在他胸前，感覺自己渾身發麻、顫抖不已。

「我愛妳。」他吻著她的脖子，聲音混雜著水聲，在浴室裡發出回音。

「我也愛你。」她疲憊地轉頭吻了他的臉頰。

「妳以後不要再離開我單獨行動了，好嗎？」

她累得虛弱點頭，以氣音回答：「我答應你。」

第三章、恐懼

3-1

火車車廂外，山巒在雲霧的飄動下露出山頭，山頂白雪在陽光下反射著光芒，使外頭景色有些刺眼。

陳庭瑜疲倦地靠在窗邊，骨盆腔和腿部的舊傷疼痛不已。兩人在飯店裡洗完澡吃過早飯就出門準備前往蘇黎世。她感覺梁啟賢急著想離開楚格，也不好拒絕。

此刻他坐在她身旁，望向車窗外，表情恢復原先沉穩溫和的神態。她透過車窗的倒影望向梁啟賢的臉，感覺此時未婚夫的表情和先前因氣憤而冰冷的神情判若兩人。她不懂為什麼對方當時會如此憤怒，事後他也沒再提起為何發怒。

真的只是生氣我自己跑出去嗎？陳庭瑜不安地思考著，擔心偷偷會見許維仁的事情被發現。她冷靜一想，無論如何，都必須理清梁啟賢身上的謎團，在確定對方的意圖之前，她還是可以放心愛他。至少她希望如此。

她下定決心，回過神時卻發現梁啟賢的倒影正直盯著自己看，不禁嚇了一跳。他握住她的手，緊緊一掐，隨後拿起放在腳邊的背包，翻找出一片鋁箔包裝的藥錠放在她眼前。

「這是胃藥，妳拿去吧。」

「嗯？」她茫然望向他。

「我看妳表情不太好看，手心又流汗，是不是不太舒服？」他溫柔微笑，「我看到妳在我洗澡時翻過我的背包。」

「我……」她說不出話，頓時覺得未婚夫的笑容溫柔得可怕。她當時這麼做是為了確認許維仁的說詞，但她還沒在梁啟賢的背包裡找到藥，對方就洗好出來了。那時梁啟賢沒說什麼，她以為對方不知道自己翻了他的背包。

此時火車剛停站，她望著車窗外的站台，一瞬間思考該不該下車。

「拿著吧，不舒服還是要吃點藥。」他握住她的手，硬是將藥塞進她手裡。

一對中年夫婦上車坐在他們面前，對他們露出微笑，她只是點頭，但見到有人來心情放鬆不少。她認不出來他們是哪一國的人，現在這時間搭乘火車，大多是旅客。

然而他似乎沒注意到對面的人，逕自靠向前吻了她的唇。他很少會在外人面前做出親密的舉止，這讓她很吃驚。

「Are you newly- married couple?」那對夫妻露出親切的微笑，問他們是不是新婚夫妻。

「We will be married soon. She is my fiancée.」他笑著舉起陳庭瑜的手，向他們展示她手指上的鑽戒。

「How lovely couple you are! Congratulation.」外國夫妻的丈夫伸手和他們握手恭喜。他露出燦爛得意的笑容，但她卻顯得生澀不安。

「We got married for about sixteen years. When she was thirty-one, she was pregnant, and then we married. Now we have three kids, one boy and two girls.」那丈夫繼續和他們聊天，談及自己與妻子認識的經過。他妻子則拿出手機，翻開照片給他們看。兒子最大，兩個女兒最小的看起來大約十歲，笑容甜美可愛。

「How many kids do you want?」妻子盯著陳庭瑜問她希望有幾個孩子。她頓時不曉得該怎麼回答，面露愁容。

「She haven't ready to be a mother.」他代替回答，摟著她的肩膀，在她額頭上輕輕一吻。她感覺自己的臉要融化了，在她茫然不曉得該如何回答時，腦海閃過的是不孕的英文該怎麼拼。她靠在他的肩膀上不說話，她對他的恐懼被更深層的陰影所包覆，此刻她仍覺得沒有任何人可以比梁啟賢更加深刻瞭解自己的痛苦。

蘇黎世距離楚格不遠，將近半小時就要到站。梁啟賢起身去廁所。她坐在原位，對面的夫妻突然向她搭話。

「Are you OK? You look uncomfortable.」他們感覺她臉色很差，開口關心。

「I have a stomachache.」她按著腹部，索性照著自己的謊話繼續裝病演戲。

「Do you have any medicine?」他們問她有沒有帶藥。

她拿出先前梁啟賢給她的胃藥，那對夫妻突然皺眉。

「May I have a look?」那丈夫說道，示意她讓自己看看手上的藥。

她不疑有他，把藥交給對方。

「It's not the medicine for stomachache.」對方搖搖頭，否認那是胃藥。

她聽見回應，驚愕地從對方手中拿回藥，翻看上頭的標示但上頭都是德文，她看不懂。梁啟賢跟自己說這是胃藥，怎麼可能不是？

「But it......」她晃了晃頭，懷疑是不是對方看錯。

「I am a doctor, I know what these medicines doing for. Who give you that?」那丈夫拿出名片，證明自己是醫生，隨後翻過藥片仔細觀察，並詢問究竟是誰給她藥。

她心想對方沒必要欺騙自己，如果他真的是醫生，這些藥一定有問題。而她又該不該趁梁啟賢不在時向他們求助，但她應該說什麼？說她未婚夫疑似是七年前涉入綁架案，綁架自己的人？

「What these medicine doing for?」她問他們藥真正的用途。

「These are sleeping pills, for severe insomnia.」

她聽見回答頓時毫無反應。

那人做出睡眠的動作再次向她解釋那藥實際上是安眠藥。她並非聽不懂對方在說什麼，所以才愣住，而是因為發現她在盧森那幾天陷入昏睡真正的原因，不禁說不出話。

和許維仁擔心的事一樣——梁啟賢在她的食物裡下了安眠藥。那天他叫的客房服務、她喝的水，全部都經由他的手。

她不知道該怎麼回應那對夫妻，只是抓起背包，拿著桌上的藥開始在車廂內走動。她的危機意識告訴自己，必須在梁啟賢回來前躲起來，不能讓對方找到自己，在抵達蘇黎世時，先一步下車逃離對方。

車子急速行駛，陳庭瑜已經穿越了五、六節車廂，她的步伐因為骨盆的舊傷而走不穩，一旁的乘客面露困惑看著她，她慌張望向外頭的景色，不曉得多久會抵達蘇黎世。她不敢想像梁啟賢回到原位找不到她時會怎麼樣？

她已經答應過他不會再獨自行動。如果被他逮到，他會做出什麼事？

她穿越一節節車廂，強行打開車廂與車廂間厚重的門，努力使喚雙腳移動，不停往後頭走，直到最後一節車廂，才找了個空位坐下。她趕緊拿出手機，想起許維仁給她的紙條，正想取出來時，卻到處也找不到。她努力回想紙條最後去了哪裡，想起和許維仁道別時，她將紙條塞進了外套口袋裡，回到房間看見一臉冰冷慍怒的梁啟賢，她為了安撫他，橫跨在對方身上，脫下了外套。

她趕緊翻找背包，找出外套，但外套口袋裡卻沒有許維仁的連絡資訊。紙條早已消失不見。

她茫然呆望著手機，想起許維仁說過他一年半前遇到洪珮雯，於是趕緊撥電話給友人，但電話響了許久沒人接，只好語音留言。

「珮雯，我是庭瑜，麻煩妳幫我找許維仁的聯絡資料，妳應該有，對吧？事情很緊急，拜託趕快回覆。」

她掛斷電話，發覺火車的速度減緩，車長廣播就要抵達蘇黎世了。

「拜託妳跟我走。」許維仁的聲音不斷傳至腦中，她好後悔沒跟對方走。

她知道梁啟賢已經在找她了，就算沒看見，她也有預感。

在陳庭瑜拿起行囊逃離時，那對外國夫妻一臉狐疑彼此對看，心想是不是做了什麼讓陳庭瑜不開心的事。不久梁啟賢回到座位，卻不見未婚妻。

他面露微笑詢問對方。

「I think your fiancée need to see a doctor. She got the wrong medicine.」丈夫開口告知他陳庭瑜拿了不對的藥。

梁啟賢挑眉坐下對他們微笑聳肩說：「She's a silly. Always makes mistakes.」

他一點也不慌張，望著車窗外明媚的景色。他堅信她跑不遠，也相信她不會真的拋下自己，就像今天早上一樣，她終究還是會選擇回到自己身邊。

火車抵達終點站，車掌用廣播提醒所有乘客下車。

陳庭瑜抓起背包一股腦兒地往下衝。她不敢四處張望，也不敢看梁啟賢是不是在找她。眼看閘門就在眼前，她伸手掏向口袋，赫然發現她身上沒有車票，因為車票是在梁啟賢身上。

「Miss, where is your ticket?」一旁的站務員發現她有些異狀，上前詢問。

她心想掏錢補票出門，然後趕快找個地方躲起來，想辦法連絡上許維仁。

這時，身後一雙手從背後抱住她，她嚇得差點叫出聲，回頭一看許維仁竟然站在她身後。

他拿出兩張車票交給站務員，站務員幫他們刷卡開閘門。

正當陳庭瑜心想為什麼許維仁出現在車站時，對方已經牽起她的手開始向前走。

「走這裡。」他悄聲說。

蘇黎世車站很大，他領著她不停往前跑，眼角瞥見梁啟賢，他停下腳步，躲到牆邊，雙臂抱住陳庭瑜，用身體擋住她。她很驚恐，將身體蜷曲在他懷裡。

她感覺口袋裡的手機在震動。她很害怕，不曉得該不該接。

「別接。」許維仁接過她的電話，硬是拔掉電池才還給她。

「你怎麼會知道我在蘇黎世？」她仰頭望著他，露出淚汪汪的臉。

「我聯絡到珮雯，她知道妳後天要搭飛機，我猜測你們可能前往蘇黎世，所以就跟著搭上火車。」

「對不起，你說的沒錯，他給我下藥，讓我睡著。」她說著靠在他懷裡哭泣，「我早該跟你走。」

他心疼地掀開她的瀏海親吻額頭，柔聲安慰：「放心，我在這裡。」

他摟著她的肩膀，盡可能將她的臉藏在自己懷裡，兩人就像一般的情侶相互擁抱，走出車站。

火車抵達蘇黎世的時間是上午十點五十分，而梁啟賢離開車站是十一點半。他發現到處都找不到陳庭瑜，他的口袋裡還放著陳庭瑜的車票，她沒有車票還能去哪裡？她說過不會再拋下自己單獨行動，不是嗎？他從未料到陳庭瑜會真的一去不回。

梁啟賢拳頭緊握，他這麼多年來第一次深刻感到焦慮。他問了車長，詢問火車上是否還有人沒下車，他找不到他的未婚妻，心情很焦慮。

站務員和車長都確認過了，每節車廂和廁所都沒有陳庭瑜的身影。

他很難過，他真的很愛她，對他來說，陳庭瑜是他現在唯一擁有的一切，是他生存的意義。不曉得為什麼對方三番兩頭跑不見，難道幾小時前，她對他承諾的愛是假的嗎？要是她不再需要自己了，他該怎麼辦？

站務員協助他廣播，但他知道這麼做沒效，陳庭瑜不會來站務室。他走出車站，望向四周的高樓，從口袋裡拿出一張皺縮的紙條，上頭寫下了一排電話號碼——是早上他和陳庭瑜歡愛時，自她口袋中掏出來的紙張。

他將紙條收進口袋裡，往市區的方向移動。

#

陳庭瑜坐在咖啡廳，許維仁和她相視而坐。她眼眶發紅，直盯著桌面。她逃離梁啟賢才不過兩小時。許維仁帶著她離開火車站後，立刻搭上公車抵達蘇黎世湖附近一間小咖啡廳休息。

「別擔心，蘇黎世這麼大，他不會找到妳。」許維仁握住她的手。

「嗯……」她點點頭，心裡卻不自覺想著要是梁啟賢找到她時，她該怎麼說明自己逃離他的原因。在她心裡還是很在意梁啟賢，不管怎麼說，在這一連串的事情爆發出來前，她一直在心中描繪著一幅與他幸福的未來藍圖。

「我接下來該怎麼辦？」她茫然問道，目光停留在戒指上。

「我愛妳。」他說的那句話聽起來一點也不像是假的。

「我決定，不管他們反不反對，只要妳願意跟著我，我就不會放手。妳的傷口和陰影我也會一併接受。」

她不停回想著他對自己的許諾，腦中一片混亂。

「我會帶妳回台灣，這段時間我會保護妳，不用擔心。」許維仁拿起餐巾紙，幫她擦去眼淚。

「我回去該怎麼面對他，他給的戒指還在我手中。」

「妳寄還給他，別再跟他見面了。妳還敢再見他嗎？」

「我不知道，現在腦海還很混亂，你出現到現在才不過幾天的事，我在這之前一直跟他在一起，這樣的轉折太大，我還沒想好怎麼跟他道別。」她雙眼濕潤，面露無助。

許維仁看著她嘆氣：「妳不用勉強自己。我知道妳還是喜歡他，回台灣我把關於他的事情好好調查清楚，妳瞭解他的企圖後，就不會再迷惑了。他絕對不是適合妳的人。」

她深呼吸點點頭。她現在沒有任何想法，只能先聽從對方的話。

許維仁望著她，露出鬆了一口氣的表情。突然桌面傳來震動。

「是我的電話。」許維仁拿起手機。

陳庭瑜嘆氣，拍拍胸口。她在放鬆的同時又不禁感到失望，她突然想起自己的手機被拔掉電池，趁著許維仁講電話時，再次把手機裝上電池。

「是、是，她沒事，我找到她了，謝謝妳。好，有需要我會再聯絡妳，謝謝。」許維仁望著她微笑，表情回復到他們剛交往時，那般純真開朗的笑容。她同時抬頭看向許維仁，她心想過去和梁啟賢交往時，一直很努力想讓對方露出和許維仁一樣發自內心愉快的笑容。他剛開始很少笑，他們交往後才漸漸在她面前展露笑容。

「這……我目前有點難解釋，下次再跟妳說，好。再見。」許維仁結束通話。剛才洪珮雯在電話中問及兩人是不是復合了，他當下無法作出回答，使他現在的表情有些尷尬。

他對她微笑，見她又低頭盯著手機，不禁靠向前看，手機上顯示收到好幾封訊息，兩封是洪珮雯的，其他全是梁啟賢。他看得出來她在猶豫，想要打電話回去。

「剛才是珮雯打電話過來。」他伸手蓋住她的手機。

「喔，她說了什麼？」她回過神試著對他露出微笑，但表情很僵硬。

「她問我妳有沒有事，因為妳似乎剛才有留言給她。」

「對，因為我臨時找不到你給我的紙條。」她撥開瀏海，一臉心不在焉。

「別想了，妳想打電話給他是因為妳現在安全了，所以又忘記恐懼。」他將她的手機螢幕闔上。

「我沒有要打給他。」她搖頭否認，卻隱藏不了臉上心虛的表情。

「如果梁啟賢沒有出現，我們現在會不會在一起？我們從學生時代就認識，或許現在已經結婚了。」他盯著她手上的戒指，「如果沒有梁啟賢，妳還是會愛我嗎？」

「我想現在不是說這個的時候。」她望著許維仁，搖搖頭。

「也是，抱歉。」他低下頭。

「不管怎樣，謝謝你。沒有你，我不知道該怎麼辦。」她嘆氣，點開手機螢幕，待機畫面還是她和梁啟賢的合照。

「我知道妳還是愛他，突然要接受這些事實肯定不好受。」許維仁柔聲安慰，而她只是摀著臉，低聲哭泣。

要是那些藥也只是誤會呢？如果是藥局搞錯，或是藥商包裝失誤，或是那對夫妻看錯了呢？他現在在哪裡，想什麼？不論如何，他可能很著急。陳庭瑜腦中充斥著各種推想，她仍舊不想讓他傷心，因為她愛他。

許維仁待陳庭瑜心情平復後，牽著她的手離開咖啡廳，兩人前往附近一間旅館住宿。

「這裡都只有雙人房，如果妳不安，我們可以挑兩間相連的房間。」許維仁問。

「我都可以。」她回答。反正他們以前一起出遊時也是住同一間，因此也沒多想。

最後許維仁不放心她一個人，還是訂了一間雙人房。

他們進到房間，她覺得很怪異，原本跟她一起來的人卻不在身邊。她沐浴後回到床上，整個人蜷曲在棉被裡，靜靜望著手機。後來梁啟賢一通電話也沒有打來，她手機裡出現一封簡訊，是她父親恭喜她和梁啟賢決定結婚的祝賀訊息。

她回想起他對自己求婚那天，她是那麼開心，他也是。她決心把一切交給他，就像七年前回台灣後，第一次見到他時一樣。

該怎麼辦才好？她把臉埋進棉被裡。回想起她和他第一次相遇時的事。她在盧森遭遇綁架，回神時已經躺在醫院。醫生和警察用英文問話，她很緊張，還沒接受自己遭遇綁架和侵害的事實。

那時梁啟賢一直陪在她身邊，在她哭泣、不知所措的時候，他總是溫柔地抱著她的肩膀輕聲說道：「妳會沒事的，這一切已經過去，妳安全了。」

直到許維仁接到消息前來醫院，梁啟賢才默默離開。

她也想起自己總是喜歡在他下班時，跑進他的餐廳裡。

他很認真地站在廚房研究主廚開發的新菜色該怎麼改善，好吸引更多人光臨餐廳。

她喜歡悄悄走到他身後，偷看他桌上寫滿字的筆記本，桌上放了各式調味料，他雖然不必親自下廚，卻對料理很有研究。他專注地彎下腰，靠在料理台上寫筆記，用小湯匙嚐一口主廚準備的新菜色，偶而沾上調味料調味。她喜歡偷看他認真的表情，在他發現自己時，快一步走到他面前，遮住他的眼睛說：「猜猜我是誰？」

她知道這行為很幼稚，可是總忍不住想鬧他。

他會微笑維持閉眼，轉身吻她。她會嚐到他嘴裡殘留的食物香氣。

他們相視而笑。他夾一口菜放進她嘴裡，她抱著他，在他耳邊說悄悄話，猜測新菜單加了什麼香料調味。

在離開餐廳前，他會抱著她在無人的餐廳裡旋轉、跳著沒有節奏的舞。

「我愛妳。」他的聲音聽起來那麼肯定。

她停止回想，試圖讓腦袋呈現空白的狀態。

此時，外頭傳來音樂和歡呼聲，她不曉得發生什麼事，抬頭打開窗向外看，不少人在街上遊行，手中拿著瑞士的十字國旗歡呼。

許維仁洗好澡走出來站在她身旁。他身上很香，傳來熱氣，但聞起來和梁啟賢就是不一樣。她停止讓自己回想關於梁啟賢的一切。

「今天是八月一日，瑞士的國慶日，要出去看看嗎？我想會有煙火。」許維仁溫柔詢問。他看見了她眼角的淚光，決定不要過問原因。

她想起七年前他們也是選擇在瑞士國慶日期間出遊，然而發生那件事，節慶當日她在醫院裡度過，沒能享受慶典的愉快氣氛。

「要去嗎？」許維仁溫柔地牽起她的手。她點點頭，任由他牽著走出房外。

街道上，人們歡聲慶祝，路邊不少人演奏樂器。家人、朋友、情人彼此愉悅交談、擁抱，或接吻。整個城市充滿著熱情和歡愉的氣氛，她牽著許維仁的手，感覺內心一片空白。

她本來期待這一天可以和梁啟賢一起度過，在他的懷中，兩人彼此擁抱、親吻。

許維仁帶著她來到湖邊，湖畔旁樂團演奏音樂，女歌手唱著輕快的歌曲，吉他手輕刷著琴弦，觀眾敲擊鈴鼓跟著歌唱。

「妳還好嗎？」他溫柔看著她。

她試著微笑，感謝他的好意，同時忍不住心想現在這個時候，梁啟賢人在哪裡？有沒有向她的父母提起她跑不見的事？會不會緊張地報警了？

他們望著湖面，四周有民眾施放煙火。金色、橙色的煙火間斷出現，對面湖畔邊建築物亮著金黃、紅、綠的光，光影反射在湖面上，遠處還可以看見亮起燈的教堂尖塔。

她忍不住幻想此刻站在自己身旁的人是梁啟賢。如果她當時選擇留下來，向對方問清楚，現在事情會怎樣發展？她不禁心想。

忽然間，湖面四周的燈光暗下。

「發生了什麼事？」她的語氣有些驚慌。

「他們要放煙火了。」許維仁說著，緊握著她的手。

煙火聲響起，天空中乍現金、紅、藍的光芒，或點或線，從天空灑落，在場的人歡聲不斷。

突然背後有人撞向他們，兩人的手硬被撞開。那些人很年輕，看起來不過剛滿可以喝酒的年齡，很明顯是喝醉了，見到許維仁面露慍色，不停彎腰道歉。

那些喝醉的少年離開後，他趕緊問：「庭瑜，妳還好嗎？」

然而在黑暗中，僅有煙火的光影，他找不到陳庭瑜，陳庭瑜就這麼消失在他身旁。

陳庭瑜突然從人群中消失，許維仁慌張尋找她的蹤影，煙火在他身後不斷綻放星火，光影映照在他慌張的臉上。他試圖找警察求助，但四處都找不到警察，視線黑暗要找人變得更加困難，就連當時喝醉的少年們也找不到。要是她被那些人綁走，該怎麼辦？

他後悔沒緊握住她的手，害她遭遇危險。如果七年前的綁架案重演，這次陳庭瑜還能夠安然無事嗎？

正當他懊惱又自責的同時，湖邊的燈光瞬間亮起，周遭恢復光明，煙火表演已經結束，人群開始移動。他望向手機，陳庭瑜消失已經長達半小時了，而對方沒有傳來任何訊息。他想打電話報警時，手機發出震動，他嚇了一大跳，收到了一封簡訊。寄件者號碼他沒見過。打開一看，上頭寫道——

「庭瑜現在在我這裡，想要找她打電話給我。梁啟賢」

當陳庭瑜和許維仁的手被人撞開時，她試圖看清楚發生了什麼事，然而突然被人從背後抱住，嘴也被摀住，無法開口。她驚慌掙扎，但對方抱得很緊，四周滿是狂歡的人，自然也把兩人看作是熱戀的情侶。

當她被放開推到一旁隱密的牆邊時，她正想大叫，卻發現眼前的人是梁啟賢。見到他，頓時又叫不出聲。

「妳消失了將近半天，這些時間妳去了哪裡？」他緊抱著她。她感覺他的心跳和體溫，越過對方的肩眼前煙火燦爛奔放。梁啟賢沒有生氣，反而是發出了心安的聲音。

她發覺他的肩膀在抽搐。

「你哭了？」她心軟抱住他。

「我好怕失去妳。」他哽咽道。

「對不起。」她想不到該怎麼解釋，只能抱著他。

煙火射向高空，綻放出耀眼的煙花，金色絲線自中心向外散開，一朵朵美麗的煙花倏地衝向天際，隨後四散，消逝不見。

「別哭了。」她不忍心地捧著他的臉，親吻他眼角的淚水。她沒見過他哭泣的模樣，不禁內疚把他的心弄碎了。

「這段時間妳去哪裡了？我找遍整座車站也沒見到妳，妳的車票在我這裡，怎麼離開的？妳的背包呢，難道有人傷害妳？」他關心望著她的臉，急忙確認她是否平安無事。

「我沒事，真的。」她見到梁啟賢這麼擔心自己，滿是愧疚地吻了他的臉頰安撫。

「我在路上碰到了一位朋友，不小心就跟著對方走了。因為太久沒見面，一聊就忘記通知你。當時離開車站乘客很多，我跟在朋友後面一起走，很快就走出閘門外，也忘記車票的事。」她撒謊道。

「為什麼沒打電話給我？我不是叮嚀過妳不要單獨行動了嘛。」

「我在車上遇到他，所以移動到他的座位附近聊天，下車沒見到你，不小心走散了。手機後來沒電，無法打電話給你。」她緊咬下唇，不確定這個謊言能不能取得信任。

「知道妳和朋友在一起我就放心了。」他微笑，竟然相信她的謊言。

他帶著她到附近的二十四小時速食餐廳坐下，緊握著她的手不放，深怕她離開。

她心想該怎麼辦才好？現在梁啟賢看起來很正常，先前對他的恐懼就像是多慮和猜疑，可是安眠藥的事又該怎麼解釋？

他幫她點了一杯玉米濃湯，自己則是喝熱咖啡。

手機傳來震動，他望向窗外，窗外街燈一盞盞亮起，煙火表演已經結束。他明白來電者是誰，接起電話便聽到咒罵聲。

「你把庭瑜綁去哪裡了？你這個畜生！」許維仁對著他猛罵髒話。

他深嘆一口氣，沉穩回應：「我們在大街上的速食餐廳，M字的招牌，你一看就找得到。」

他切斷通話，懶得跟對方多說什麼。

「是誰打來的？」陳庭瑜握著熱濃湯問。

「許維仁。」他冷靜回答。她望著他，一瞬間恐懼又將她吞沒。

3-2

許維仁接起電話對著手機大罵，但對方已經將通話切斷。他快步穿越人群，抵達梁啟賢所說的地點，半信半疑走進速食餐廳內，就看見梁啟賢露出愉快的笑容對他揮手。

「為什麼你會有他的號碼？」陳庭瑜望著許維仁問。

「是他先傳簡訊給我的！」許維仁抓住陳庭瑜的手，想當場將她帶走。但陳庭瑜卻看向梁啟賢不願起身，沒意思要離開這裡。

「你做什麼？綁走別人的未婚妻，現在又要直接把人帶走嗎？」梁啟賢笑著看他，面不改色，「你告訴我，你好久沒見到老朋友，一見面就把人帶走的理由是什麼？」

陳庭瑜一臉尷尬低下頭，卻沒有要幫許維仁說話。她自己心裡也很混亂。梁啟賢伸手摟著她的肩膀，在許維仁答覆前，另一手指向一旁的椅子邀他坐下。

「我和維仁是不小心巧遇。」陳庭瑜先開口，免得許維仁說出和自己謊言相悖的話。

「是在楚格的飯店嗎？」梁啟賢接著問，拿出口袋裡的紙條，「早上我們一起洗澡後，我在地上撿到的。我猜想這號碼是妳朋友的。」他說著在她的額頭上輕輕一吻。

「對，沒錯。」她表情遲疑，不懂為什麼梁啟賢一直在幫自己找台階下。

「大概是早上我害妳累壞了，所以妳紙條掉了也沒發現，我撿起來後也忘記還給妳。」梁啟賢說著瞥向許維仁，顯然刻意想激怒對方。許維仁聽著他說的話，表情緊繃。

「是我那時沒注意，所以不小心把紙條弄不見了。」陳庭瑜傻愣愣地呼應，沒注意到許維仁的表情。

「那麼胃藥呢？那些藥不是治療胃痛的吧？」許維仁坐下，不放棄地追問。

陳庭瑜瞪了他一眼。她本想之後再來釐清事實，梁啟賢看起來一點問題也沒有，沒必要在拋下他離開後又說出質疑他的事。

「胃藥？」梁啟賢做出驚訝的表情。

「當然，你給她的藥實際上是安眠藥吧？」他拿出陳庭瑜給他的藥，扔在桌上。

「我不曉得這藥的成分。我是向藥局買來的，我跟店員說我妻子胃不舒服，需要一些藥鎮定疼痛。也許他們誤會我的話，拿了鎮定劑之類的來。」

「你不是在德國讀書嗎？沒看到上頭德文寫了什麼？」許維仁依舊質疑他。

「許先生，我不懂你為什麼要做出一副咄咄逼人的模樣。這上面寫的是醫學用語，我一個學餐旅管理的，會瞭解上面在寫什麼嗎？為什麼要認為我會傷害庭瑜？」

「沒事，已經沒事了。」陳庭瑜拍拍梁啟賢的肩膀安撫，並看向許維仁要他少說幾句。

許維仁低下頭不再多言。陳庭瑜面露尷尬，打開玉米濃湯喝了幾口，突然覺得有些反胃，馬上摀著嘴衝去廁所。她跑進廁所隔間，雙手撐在馬桶座上，把剛喝下肚的東西連同胃酸吐出來。

「庭瑜，妳沒事吧？」外頭傳來梁啟賢的聲音。

她深吸一口氣，緩和情緒。

她因為緊張的情緒卸下後，突然進食，所以胃感到不適。從小胃腸差，這種情況也見怪不怪。她心想著，洗手漱口就出來。

「妳還好嗎？」許維仁也靠上前。

「沒事，大概是突然胃痙攣吧。」她笑著勾住梁啟賢的手臂。許維仁看著她親暱的舉止也只能嘆氣。

三人一起走路回到飯店，一路上四處是餐廳擺放的露天桌椅，以及販賣的小吃點心，看起來有點類似高檔的夜市。不少人不分年齡坐在戶外飲食喝酒聊天。他們身上的酒味和食物香氣混合，陳庭瑜剛吐過，嗅到這些氣味覺得很不舒服，便把臉貼在未婚夫手臂上。許維仁看了很不是滋味。

抵達飯店後，梁啟賢訂了一間雙人房，就在原本許維仁和陳庭瑜的房間旁。未婚夫回來了，陳庭瑜自然將行李帶回新房間去。

許維仁獨自留在房間裡，望著陳庭瑜躺過的床，不曉得陳庭瑜要如何向梁啟賢解釋他們先前只訂了一間房間的事。

他思考著，聽見隔壁房傳來碰撞聲，隨即拉起棉被關燈睡覺。

梁啟賢回到房間洗好澡後，上半身赤裸將陳庭瑜抱在懷裡。他親吻她的額頭、臉頰和脖子，最後又停在肩膀上，將她緊緊抱在懷中，兩人相依入睡。她讓他摟著自己，他什麼事都沒做，只是抱著她，將頭靠在肩膀。她想到隔壁房住著許維仁，內心湧現愧疚，不僅對梁啟賢，還有對許維仁。

她本以為他會像早上發現她消失時那般憤怒，結果卻和預料相反。她從他的胸口感受他的體溫，還有心跳。他的呼吸很沉，已經進入夢鄉。

她回想著今天一連串驚恐的經歷，其實全是自己多慮了。梁啟賢怎麼可能傷害自己？想起梁啟賢在異鄉四處奔走尋找自己，自己卻三番兩頭拋下他離去，不由得心感慚愧。

「對不起，我沒有相信你。」她低聲說著，閉上眼睛入睡，而在她閉眼的瞬間他倏地睜開雙眼。

#

早上窗外陽光穿過窗簾的縫隙，在地毯上隨風移動光影。梁啟賢先醒來了，他起身望著面向自己熟睡的陳庭瑜，她看起來很安心，另一手還抓著他的手臂。

他彎下腰親吻她的唇，她緩緩睜開眼睛，抬起上半身抱住他的肩膀。他摟著她的背，向床上一倒，對著她呵癢嬉鬧。她忍不住笑出聲，感謝一切如往常一般自然美好。他的指尖沿著她的臉頰滑過下巴、滑至脖子、鎖骨、胸口，他掀開她的連身睡衣，親吻她的肚子，一手抱著她的大腿，掌側壓到她腿上的疤，她猛地抬起頭望向梁啟賢。他不曉得是不是沒注意到她的異狀，竟用唇親吻那道疤。

「啟賢……」她面露遲疑望著他。他的吻讓她想起之前疤腫大潰爛的惡夢。

「怎麼了？」

「沒事。」她搖搖頭，無法說出關於那個夢的事，那聽起來就像是因為她畏懼對方才做了夢魘。

「妳昨天和那位許先生沒發生任何事吧？」他伏在她身上，低頭看著她。他的雙臂將她困住，讓她無法迴避他的視線。

「沒有。」

「以前交往時呢？」他臉上露出吃味的表情。

「只有接吻和擁抱而已。」

「他沒有看過妳的疤吧？」他的指尖突然變得冰冷，劃過她的疤，來回描繪疤的形狀。她一瞬間產生疤好像要裂開來的幻覺。

「沒有，只有你看過。」她下意識握住他的手，將他的手拿開。但他卻低下頭，再次吻著那道疤，用舌頭舔過。

「你為什麼喜歡那道疤呢？」她每次在他觸碰疤時，就會渾身不自在，身體發麻。

「因為這道疤只有我看過，象徵妳是我的。」他微笑，用吻過疤的唇吻向她的嘴。她不喜歡這樣，但卻不敢說。

她曾經想過接受整形，將疤去除，但是由於疤痕的位置曖昧，而且她不想讓人盯著自己的疤看。那會讓她想起七年前的陰影，也不想和人解釋疤是怎麼來的。

「明天要搭飛機了，今天是在瑞士的最後一天，出門換衣服吧。晚上再好好溫存。」他露出惡作劇般的表情，吻了她的額頭。

他們換好衣服走到餐廳吃早餐，許維仁已經在用早餐了。陳庭瑜看到他不禁感到尷尬，只是向他點頭打招呼。

他們選好早餐，梁啟賢一派輕鬆地走到許維仁的座位旁放下盤子坐下。

陳庭瑜看著兩人，突然有些不知所措，自然許維仁也是一臉吃驚。

「怎麼了？」他看著未婚妻微笑，幫她拉開椅子，要她坐好。

「早安。」她尷尬地向許維仁正式打招呼。

「我昨天忘記問許先生怎麼會來瑞士？」梁啟賢微笑看著坐在自己隔壁的許維仁，許維仁硬是將嘴裡的食物吞進肚裡，表情因心虛不禁有些難看。

「我是來這裡觀光。」

「前女友發生過那種可怕的事，你還會想來這裡呀。」他笑出聲，搖了搖頭。

陳庭瑜望向許維仁，希望他不要多說什麼。

「我想做什麼是我的自由。」許維仁不理會他，繼續吃飯。

「抱歉，我想我可能是因為在意你們之前是男女朋友的關係，所以說了讓你不開心的話。」梁啟賢開口道歉，「不然這樣好了，今天是我們在瑞士玩的最後一天，你不如跟我們一起行動。」

陳庭瑜茫然望著未婚夫，但梁啟賢只是握住她的手微笑。

「好，我就跟你們去。」許維仁望著兩人，賭氣地爽快答應。

她看著眼前兩個男人，頓時不曉得該做何反應。

用過早餐，三人一起搭乘公車前往附近的萊茵瀑布。梁啟賢坐在她身旁，時不時將手伸進她的上衣裡，摸著她的腰，她望向車窗外，不敢想像如果被許維仁看到，對方會做出什麼表情。

梁啟賢摟著她的腰，靠向前親吻她的耳朵，他的動作比起平時兩人一起出遊時還要來得熱情。

她不禁心想梁啟賢是故意做給許維仁看的，轉頭制止，梁啟賢才安分坐好，只是握著她的手。她曉得梁啟賢並不高興他們見面的事，所以才利用這些小動作暗示自己。

公車到站，三人走下車。前往萊茵瀑布的路上，一旁是瀑布形成的小湖泊，他們沿著湖邊前進，周遭插滿旗幟，旗幟隨風搖曳。幾個路過慢跑的人經過三人，對他們點頭打招呼。

「聽說這裡國慶日也有煙火，煙火映照在瀑布上應該挺漂亮的。」他摟著陳庭瑜的肩膀，露出可惜的表情。

「沒關係，湖面上的煙火也很棒。」她尷尬笑著。

「妳早餐沒吃什麼，沒問題吧？」他溫柔關心道。

「沒事，只是胃口不大好。我們快點到上頭看瀑布吧。」她快步往前跑。許維仁一臉為難跟在他們身後。

她跑上階梯，每登上一層平台，眼前的景色就有另一番風貌。她望著湍急的流水，心想為什麼許維仁要跟他們一起來。她很感謝對方這麼關心自己，只是她認為不該再懷疑梁啟賢了。

她經過小水車，跑到頂端的平台，一旁瀑布沿著石階躍下，濺起白色水花，部分的水滴飛濺上來，隨風帶著涼意。遠處湖泊在陽光下閃爍著金色的光影。

她心想明天就要搭飛機離開瑞士了，或許之後就不會再來。她不懂為什麼自己要來這裡，七年前在盧森留下的陰影終究沒有消失，反而重新浮現心頭，不由得心中掩上陰霾。

她靠在圍欄邊，手臂放在欄杆上，望著瀑布深吸一口氣，一臉茫然呆望著美景。微風夾帶著瀑布的水氣，迎上她的臉，突然一隻手從後面推了她一把，她的上半身向前傾，奔流就在眼前，她嚇了一大跳叫出聲，後頭的人用手臂抱住她，她才得以站穩。

「嚇死我了。」她拍著胸口，心有餘悸。她轉身望著梁啟賢，鬆了一口氣。

「妳擔心我把妳推下去嗎？妳做了什麼事，讓妳覺得我會這麼做？」他說著傾向前吻了她的唇。他的話讓她愣住，無從反應，雙腳顫抖發麻。

許維仁聽到陳庭瑜的尖叫聲，快步跟上前，卻看見兩人親密擁吻。梁啟賢就像是看準他會出現，而刻意吻了陳庭瑜。

許維仁別過頭不看。

三人離開萊茵瀑布，回到市區用午餐。許維仁吃飯時一句話也不說，非常安靜。

陳庭瑜見了，主動開口搭話：「維仁，你幾時會回國？」

他抬頭，視線範圍裡看見兩人並肩而坐，搖了搖頭說：「我還沒決定，我想我會再多待兩三天。」

「真不錯，我們明天就要回去了。」梁啟賢微笑，「我們回去得向父母報告結婚的事。」

「我聽說了，恭喜你們。」他說完話站起身。桌上的餐點只吃了一半，「我還得搭火車回到楚格把車開過來，先離開了。」

「可是你的飯還沒吃完。」陳庭瑜試圖挽留他。她總覺得就這樣讓他離開似乎有些無情，不管怎麼說，昨天也是他關心自己，從楚格追過來。

「庭瑜，如果有必要，妳知道怎麼聯絡我。我今晚還是會住在同一間旅館。」他說完話便離開了。

「真可惜，我還想多認識他。」梁啟賢微笑，伸手捏了捏她的手背。

她完全看不出來梁啟賢是真心說這些話，只是盯著他看頓時說不出話。

晚上，兩人散步回到飯店。他們經過許維仁的房間，不曉得對方回來了沒？她瞥了一眼許維仁的房門，什麼話也沒說。

進入房間，她先進去浴室洗澡，洗好澡走出浴室時，梁啟賢正在整理行李。

「明天搭中午的飛機，三小時前要先到機場，行李先收拾一下吧。」他說著在她透著熱氣的額頭上輕輕一吻，表情看起來很輕鬆。

「你今天心情看起來很好。」她說。

「當然，因為終於要回家了。回國後妳最好看一下醫生，妳這幾天都沒好好吃東西。」

她點點頭。

「對了，妳有和妳父親連絡嗎？」

「還沒，但我已經收到他的簡訊，他很高興。我從沒想過我爸會這麼爽快把獨生女交出去。」

「也許我勒索他了。」他的臉在昏黃的燈光下，突然看起來有些陰森。

「少鬧了。」她擠出僵硬的笑容伸手戳著他的腰，同時試圖讓自己安心。

「妳怎麼確定我是開玩笑的？」他不懷好意地笑著，將她推倒在床上，「妳說不定是我的人質。」他表情很認真，靠向前用舌頭舔了她的脖子。她一瞬間像是被蛇毒麻醉的獵物，動彈不得。

他起身一笑，拿著換洗衣物走進浴室。

她望著天花板恢復呼吸。她剛才一瞬間又想起在盧森被人侵犯的回憶，他們那天竟然在那裡進行了親密的行為，那時她也像是被他麻醉了一般。

她茫然摸著被舔過的地方，唾液暴露在空氣中開始發涼轉麻。

她提振精神，整理自己的行囊。她翻開背包，將重要的物品一一排列在床鋪上，確認是否有遺落，貴重物品都在身上，唯獨最要緊的護照卻不見了。

「護照去哪裡了？」她喃喃自語，記得之前將護照好端端收在背包內側，為什麼會不見？她將背包內的物品全部掏出來，但還是找不到護照。

「怎麼了？」梁啟賢洗好澡走出來見她著急的模樣，從她背後出現，抱著她問。

「我的護照不曉得跑去哪裡了。」她一臉困惑，轉頭看向他。他的頭髮微濕，臉頰還帶有剛出浴的熱氣和香味。

他笑著說：「我看妳老是很糊塗，所以妳的護照我就幫妳收好了。」

「你幫我收？但是之前我把它放在背包的暗袋裡，你怎麼拿到的？」

「當然是直接從裡面拿出來。」他露出理所當然的表情，掬起她的下巴親吻，「不論如何，妳都必須跟我回去，不是嗎？所以可別跟我走丟了，走丟就回不了家囉。」

她望著他的笑容，感覺對方幾乎掌控了自己的一切。她想到此又搖搖頭，心想不能再多慮了，他只是為了我好才收走我的護照，不需要擔心。她拍拍胸口安撫自己，但肩膀仍在微微發顫。

夜晚她先向父親傳簡訊報平安，告訴他明天就會搭飛機回家。房間很安靜，隱約還可以聽見隔壁房傳來的電視聲，許維仁是不是還醒著？就這樣回去，沒向他打過招呼總覺得有些內疚。她將手機收起轉身準備睡覺時，梁啟賢突然抓住她的手。

「怎麼了？」

「今晚是最後一晚了，能不能再讓我多碰碰妳？」他說著手伸進她的衣服裡，摸著她的腹部。

她猶豫，因為隔壁房間裡還睡著許維仁，如果他聽見了總覺得不太好。

「過了這些年，我還是很想妳。」許維仁說得很真誠，即便他說了很多多疑的話，害她懷疑自己的未婚夫。

「可是我今天不想。」她推開梁啟賢的手，側身背對他。

他從背後抱住她，用氣音在她耳邊問：「妳不想是因為怕被許維仁聽到嗎？」

「我才沒有這個意思。」她轉身反駁不承認。他順勢爬到她身上，吻著她的唇，伏身看著她問：「那麼妳為什麼不願意？」

「我只是有點累了。」她別過頭不看他，卻忘記收起心虛的表情。

「昨天一出車站，我沒見到妳，四處找了好久，沒想到妳和許維仁在一起。妳是不是在這之前就見過他？在楚格妳消失的那次，是為了跟他見面吧。」他緊盯著她的臉，眼神中帶著氣憤。

「我……」

「有什麼理由讓妳必須背著我跟他見面？妳留了他的號碼，不就表示你們私下先見過面了？」

「我、我不敢說是怕你誤會。我跟他真的什麼都沒有。」她伸手碰觸他的臉頰。

他伏下身親吻她的脖子，在耳邊說：「你們在大半夜相會，要我怎麼想？我覺得很受傷，妳讓我不知道該怎麼相信妳。」他的手撫過她的脖子，讓她感到一股涼意。

「妳還是愛我的，對嗎？」他露出受傷的表情又問。

她當然還是愛他，只是現在的他又開始讓自己感到恐懼，但她還是伸出雙手抱住他的脖子，靠向前親吻他，最後依舊順從他的意思。她讓他緊緊擁抱著自己，手沿著自己的背脊一直滑到臀部、大腿。他脫下她身上的衣物，兩人身體赤裸互相交纏，相繫相依。

他抓住她的大腿，不停摸索她腿上的疤，讓她不禁回想起在盧森的那一天發生過的事，她覺得反嘔不舒服，不斷拱起腰想吐，但還是忍住。因為她直覺要是現在推開他，她恐怕再也無法獲得他的信任。

那一夜，梁啟賢抱著她，聽著她沉穩的氣息、感覺她胸口的起伏，而自己依舊雙眼睜開不敢入睡。他一刻也不想鬆懈，他必須確保她不會再跑走。

3-3

早上陳庭瑜睡醒時，一睜開眼便看見梁啟賢坐在對面盯著自己看。她瞬間驚醒，倏地坐起身。

「你已經醒來了？」她問道。

「我看妳睡得很熟，捨不得叫醒妳。」他微笑走上前親吻她，「趕快洗把臉，吃完早餐就出發去機場。」

她掀開棉被下床梳洗，從鏡子裡看見梁啟賢從背後經過，打了個呵欠。他似乎沒睡好，手上還端著一杯咖啡。

難道他整晚都沒睡嗎？她突然這麼想著，漱漱口洗把臉不再多想。今天上了飛機，回到台灣後，他們就會恢復往常的生活，而她將嫁給他，成為他的妻子。如此一來不再會有疑慮。

他們打包好行李、換好衣服走出房外。陳庭瑜忍不住多看了一眼許維仁的房間。她還是不明白究竟為什麼許維仁會這麼不相信梁啟賢？梁啟賢將她從盧森的惡夢裡救出來了，她知道的只有這件事，他的父親是死是活和他們該不該結婚沒有直接關係。

她轉身不再注意許維仁的動靜。他們一起搭上電梯抵達大廳，退房時梁啟賢接到工作的電話，要她負責退房手續。

她將房卡交回時，轉身瞥了梁啟賢一眼，對方正背對著她講電話。

她趁機向櫃檯詢問，是否有留給自己的訊息或紙條，但結果什麼也沒有。打開手機也沒有任何訊息，她最後還是傳了封簡訊給許維仁，感謝他替自己操心。

她打完簡訊，跑向梁啟賢，牽著他的手搭上計程車前往機場。

「我們要回家了，妳開心嗎？」他摟著她的肩，吻上她的額頭。

「嗯，以後恐怕也不會再來了。」她靠在他的肩膀上。

「但這一次妳留下的是美好的回憶，對吧？」他盯著她問。

她點頭，沒有直接回應。究竟是不是一趟值得回憶的旅程，她感到疑惑。要是許維仁沒有出現在自己面前、沒告訴她關於梁啟賢的祕密，這趟旅行就只有她和梁啟賢決定彼此共度一生的回憶。她腦海一瞬間閃過這樣的想法。

他們搭上飛機，過海關到登機門等候飛機起飛。梁啟賢頓時露出鬆了一口氣的表情。

「我跟妳父親約好了，回去後第二天，我會到妳家拜訪，正式向妳父母提親。」他牽著她的手說。

「隔天？這麼急。」她有些吃驚。

「不然要等到什麼時候？」他的笑容頓時變得僵硬。

「我的意思是，我是不是該準備什麼？這麼急，我來不及準備。」

「是我去提親，妳什麼都不用做，乖乖等我來就好。」

「好吧，就聽你的。」她靠在他肩膀上，身體和心靈都感到疲憊。她現在只想趕快回到家，回到自己的房間裡，把瑞士發生的事和恐懼忘得一乾二淨，準備嫁給他就好。

兩人上了飛機後，梁啟賢馬上陷入沉睡，就像是一整夜沒睡。

她伸手摸摸他的臉頰，心想是自己在瑞士多次失蹤離開他，所以他上了飛機才會這麼安心地入睡。她一臉內疚地將頭靠在他肩上，抱著他的手臂。

飛機越過換日線至香港轉機折回台灣，抵達時已經又過了一天。他們走出機場，梁啟賢開車送陳庭瑜回家，離開前他拉住她的手，叮嚀道：「我明天會來妳家，乖乖等我。別忘了去看醫生。」

她點頭靠向前讓他吻了一下臉頰後，下車返回家裡。

「啟賢回家了？」她父親坐在客廳看報紙，見她進門便放下報紙問。

「對。」

「小心妳媽，她看起來心情不太好。」她父親小聲叮嚀，做出別有意味的表情。

她懂父親的意思，她出門前只說是和朋友出國玩，沒跟她母親提到是和梁啟賢兩人單獨出遊，這件事她母親知道了肯定很不開心。

「回家了？」她母親坐在餐桌前用電腦，頭也不回地問。

「嗯。」她聳著肩不敢多說什麼。

「我聽妳爸說了，妳真的要嫁給梁啟賢嗎？」她母親嘆氣轉身看她。

她望向父親，父親拿起報紙似乎不敢介入兩人的對話。

「妳到底不喜歡他哪裡？」她倒了杯水忍不住問。

「我知道是他救了妳，所以妳把恩情當成是喜歡。妳真心覺得他適合妳嗎？最初他不是很討厭妳接近他？」

「那是過去的事，事情已經過了七年。」

她母親嘆氣，眼睛瞥見她手上的鑽戒不禁蹙眉。

「妳遭遇綁架也已經過了七年，妳要是忘掉了就不會又跑去瑞士。妳如果一直跟著他就會想起你們是怎麼相遇的，這樣會幸福嗎？他看過妳渾身赤裸、差點被人侵害的模樣，認真思考，他這樣能好好愛妳嗎？」

她父親聽不下去，站起身說：「淑怡，別再說了。她年紀也不小，知道自己想要什麼。妳這麼說太傷人了。」

「我是真心替她著想才這麼說。當初妳跟他接觸時，我就該禁止你們交往。那男人太神祕，妳有好好理解過他的背景和身世嗎？婚姻跟愛情不一樣，我希望妳最後不要後悔，這對妳和他都不是件好事。」她母親嘆氣，轉身走上樓。

父親見妻子上樓後，走到女兒身後拍拍她肩膀說：「別多想，妳母親就是比較容易操心。啟賢那孩子很上進，不會虧待妳，這部分我相信。」

她低下頭嘆氣。她母親說的話，她不是不懂，反而是讓她想起許維仁說過的話，心生不安。

「爸，你贊成我們結婚，對嗎？」她轉過頭看著父親問，希望得到支持。

「怎麼突然這麼問？」

「我只是好奇為什麼媽那麼反對，你卻不會。」她摸摸脖子，表情心虛。她無法向父親坦承自己也有和母親一樣的疑慮。

父親停頓了幾秒，微笑問：「妳希望我反對嗎？」

她搖頭起身回到房間。她想起幾天前還在這裡興奮準備旅行，現在內心卻覺得鬱悶不安。她將行李放下，取出準備清洗的衣物，從裡面掉出了鋁箔包裝的藥片，那是當時梁啟賢準備給她的藥。

「這真的只是藥局店員誤會給錯的藥嗎？」她喃喃自語，雖然決心要相信梁啟賢了，但對於某些疑惑還是放不下。

如果這藥真的是他刻意準備的安眠藥，那麼他讓我昏睡又是為了什麼目的？在我昏睡時，他做了什麼嗎？她心想，想起許維仁說過的話，七年前梁啟賢在盧森和他們居住在同間旅館，而且還是隔壁房。但她昏睡醒來後，去櫃檯查詢而得到的資料卻不同，說不定他就是為了刪去訂房資料才對自己下藥。

「他當時住在我和許維仁的隔壁房，目的又是為了什麼？」她喃喃自語。

「妳有想過怎麼會這麼湊巧，梁啟賢就目睹妳被人綁走？他可是共犯！」許維仁的這句話一直烙印在腦海中。

「他怎麼可能是共犯？他這麼做能有什麼好處？」她盯著藥片發呆，心想照她母親和許維仁的話，如果梁啟賢真的是害她被綁架的人，那麼為何一開始這麼討厭自己，而現在卻又要娶一個無法正常生育的女人呢？她想著，感覺大腿上的疤再次傳來疼痛。

「沒有我妳還能去哪裡？妳還能跟其他男人擁有特別的關係嗎？」一瞬間，她彷彿看到梁啟賢站在門邊對著自己微笑，眼神如同蟒蛇般銳利。

當天她吃不下飯，只喝了一點湯便洗澡睡覺了。或許是直到入睡前她一直思考著在瑞士發生的事，不知不覺便夢到了七年前剛回到台灣時，自己和梁啟賢重新相遇的事——

當時她已經和許維仁分手，獨自返回台灣。在網路上搜尋梁啟賢的名字，四處尋找，最後總算在位於大安區的一間西式餐廳裡找到他。

她作為顧客到餐廳用餐，直到某天見到他從布幕後出現。他看到自己的那一瞬間，表情相當吃驚，馬上退回廚房內場。

她試著留下紙條，希望他可以見自己一面，但對方從沒回應。即便總是吃閉門羹，她依舊一如往常每天到餐廳報到，但老是遇不到他。後來店長看不下去偷偷告訴她梁啟賢會出現的時間和地點。那日她站在廚房後門等待他，那時間是晚上十一點，打烊收工的時間。她看著餐廳服務生一個個下班，卻遲遲等不到他，於是偷偷溜進廚房裡。

廚房內燈光昏暗，只留下一盞燈，他站在燈光下用心寫著筆記，突然聽見腳步聲，回過頭瞪向她。

「妳來做什麼？店長應該有跟妳說我不會見妳了吧，怎麼這麼厚臉皮闖進店裡。」他聲音低沉，伸手用力拍了桌子。

「我只是想報答你，為什麼你這麼不願意接受我的回報？」她嚇得後退一步。

「因為我不需要妳回報，我並沒有幫上什麼忙。」

「如果你沒出現，我可能早就死了，不管怎樣請讓我報答你。」難得可以見到對方，她決心不退縮。

「不管怎樣嗎？」他皺眉看著她，「那我可以請妳去死嗎？」

「你真心這麼希望？」她往前一步盯著他的臉，一雙大眼透著淚光，不明白為什麼他這麼抗拒自己接近。

他呆愣半晌，靠向前伸手碰觸她的脖子問：「如果我像盧森那些綁架妳的人，對妳做出同樣的事，妳還要繼續纏著我嗎？」

「你不會做這種事。」她握住他的手搖搖頭。他鬆手扠腰嘆氣道：「妳出去，妳再不出去我就找警察來趕走妳。」

「我還會再來的。」她點頭道別後轉身離開。

當陳庭瑜在夢中回想和梁啟賢重逢的回憶時，她的手機亮起，顯示收到一封來自許維仁的簡訊——

「再過幾天我就會回台灣，可以和妳見個面嗎？」

#

隔天下午，梁啟賢來到陳家，他身穿著筆挺的西裝，見到陳庭瑜的母親時，畢恭畢敬地鞠躬敬禮。

「好了，先進來吧，庭瑜在客廳裡等你了。」父親拍拍他的背，滿面笑容。

陳庭瑜坐在客廳，身上穿著小洋裝。雖然梁啟賢和她說什麼也不必準備，但她還是稍微打扮了一下。

梁啟賢在她身旁坐下，面對她的父母，握住她的手說：「陳爸爸、陳媽媽，我們決定要結婚了，請允許我娶你們的女兒回家。」

她母親盯著他看，表情相當不滿。

「你們交往七年多，庭瑜今年二十九歲，你也三十四了，確實到了該成家的時候。」她父親笑著點點頭。

「為什麼非我們家庭瑜不可呢？外面有更多年輕的女孩可以選，你現在擁有十來家連鎖餐廳，要娶到二十出頭的健康女孩有什麼困難？為什麼一定要是她？」她母親忍不住問道。

她明白母親所謂健康的意思，雖然知道母親是擔心她嫁不好，所以才如此直接逼問，但聽在她心裡很難受。

「對，您說的沒錯，可是我愛的人是她，所以我並不會想娶二十出頭的女孩。我只想要她，更不管她不能生孩子。」他摟著她的肩，表情堅定，「無論如何，請把她交給我。」

她望著他的側臉，他的表情十分堅定。

「媽，拜託了，對我來說，只有他可以接受我的一切。現在我要到哪裡去找一個男人會願意接受不能生，又曾經差點遭受侵犯的女人。就算媽反對，我還是要嫁。」

「我不期望妳非要結婚不可，如果婚姻生活不愉快，我寧可妳一輩子單身。」她母親罵道，肩膀氣憤地上下起伏。

「何必這麼反對呢？小倆口互相喜歡，結婚有什麼不好？畢竟也交往很久了。」她父親拍著母親的肩膀勸說。

「我懂您擔心的事，我身世不好，家裡沒有父母確實會讓我希望能擁有一個熱鬧的家庭，我也一樣想要孩子。但是比起這些，我更希望能和自己喜歡的人在一起。隨便找個女孩結婚生子，那不是我想要的。第一眼見到庭瑜時，我沒想過我們會走到這一步。但我現在只想和她在一起。」梁啟賢誠懇說服。

「我知道你是真心這麼說，但是如果哪天你突然反悔了呢？你難道不會想要找個女人幫你生孩子嗎？」

「不會，我保證這世界上找不到她以外的女人會讓我愛上。」他微笑，笑彎的雙眼滿是笑意。看在陳庭瑜的母親眼裡，竟不自覺地雙臂發寒。

「媽、爸，不管怎樣，我和啟賢都會結婚。」她握著梁啟賢的手，態度堅持，「我們已經發生過關係了，所以這婚一定要結。」

「妳說什麼？」她母親聽了雙眼睜大。他們崇信天主教教義，婚前是不允許有親密的男女關係，聽到這話，連她父親也茫然張大嘴。

「關於此事，責任在我身上，但我保證一定會對她負責。」梁啟賢說道。他沒料想到陳庭瑜竟然會把這件事說出去。

「不是他的錯，是我主動要求的。」她這話一出，母親的臉色更加難看。

「也沒什麼，反正他們也決定要結婚了，早一些晚一些其實沒什麼大不了，現在的年輕人總是比較開放。」她父親尷尬勸說。

「我已經管不動妳了，以後不要怪媽沒有勸阻過妳。」她母親氣憤起身，上樓離去。

「真的非常抱歉。」梁啟賢站起身鞠躬道歉。

「沒關係，以後就是家人了，不用一直道歉。況且你也不小了，多少還是會有那些想法，很正常。」父親跟著起身拍拍他的肩膀，同時瞪向女兒，「這孩子小時候出過車禍，我們就對她太過溺愛，導致她這麼任性，你要多擔待些。」

「好，我明白。」

「那麼你們決定何時結婚？」父親又問。

梁啟賢握著陳庭瑜的手，開口回答：「我們計畫在十一月初結婚。」

「十一月？」陳庭瑜望著他，心想她怎麼不知道有這個計畫。

「這樣只剩下三個月了。需要這麼急嗎？」她父親問。

「沒關係，我已經著手開始準備，場地也先預約好了。」

「好吧，反正是喜事，早點辦也沒什麼不好。」父親點頭同意，「那麼我這唯一的女兒就交給你了。」

「是，我會好好照顧她。」他再次起身鞠躬。

他們稍微聊了一會兒，梁啟賢才準備離去。

「本來想說乾脆讓你在我們家過夜，不過她母親還在氣頭上，只好跟你說抱歉。」父親拍拍他的肩。

「沒關係，我明白。」他點頭在陳庭瑜的臉頰上輕輕一吻後，轉身離去。

「妳這個臭ㄚ頭，真是沒救了。妳不會是猜到妳母親會反對，才這麼做的吧？」她父親在梁啟賢離開後，還是忍不住拉著她的耳朵臭罵了一個多小時。

第四章、線索

4-1

陳庭瑜收假回到公司上班。她上班的地點是父親飯店的總部辦公室，同事們從她父親口中聽說了她要結婚的事，身為老闆的女兒，自然所有同事不分親疏都爭相來道賀。

她靦腆一笑，其實很不習慣這樣的場面，然而她從國外回來，父親便希望她開始接觸家業的工作內容，以便將來接管事業，或是和未來的夫婿一起管理。

當天下班後，她搭捷運前往習慣的家庭診所檢查胃。自從瑞士旅行開始不久，她的胃口始終很差，食量比過去來得小，體重也隨之下降。診所藍底白字的招牌上寫著「吳醫生家醫科」，這招牌至今沒有換過，顏色有些褪色。

護理師叫號，她走進診療室裡坐下。

「妳要結婚了？」吳醫生見到她，馬上注意到她手上的戒指，不禁露出驚喜的表情。

「對。」

「妳已經到這個階段了呀，恭喜妳。」吳醫生戴起聽診器微笑問：「妳今天來是哪裡不舒服嗎？」

「在瑞士的時候胃腸就不太舒服，有時候會反嘔、沒胃口。」

「現在還是嗎？」

她點點頭。

「是不是水土不服呢？」

「但我以前在美國都沒事。」

「看來是老毛病。妳以前只要緊張壓力大就會食不下嚥，這次要結婚讓妳有壓力了嗎？」吳醫生聽診完後，伸手按壓她的腹部，「妳似乎有點脹氣，胃部肌肉太緊張了，有些僵硬。」

「壓力……我這次去了盧森。」她低下頭說。對方是女醫生，從小就幫她看過病，綁架的事她也曾經跟對方聊過。

「盧森？妳自己去嗎？」吳醫生睜大眼，面露吃驚。

「沒有，我未婚夫也陪我去了。」

「所以他也知道妳遭遇過的事？」

「當時是他……是他救了我，也因為這樣我才認識他。」

「原來妳的英雄就是他。那還真是巧，他能夠願意接受妳，是一樁美事，雖然你們相遇的方式不太妙，但結果來看是件好事。再一次恭喜妳。」吳醫生伸手抱了她。

「謝謝妳。」她感激微笑。

「我幫妳開些藥，看能不能讓妳舒緩壓力。壓力減輕後，胃部不適的情況就會減緩。妳不必強求自己忘掉過去的陰影，就算妳看開了，不代表傷痛會不見。勉強讓自己接受傷痛未必對妳有幫助，妳好好放鬆準備當新娘就好。」吳醫生微笑拍拍她的肩膀。

「好，謝謝妳。」

「妳最近還有在吃助眠藥嗎？妳快要到該拿藥的時候了，今天需要一起拿嗎？」吳醫生又問。

「沒關係，我最近想戒掉藥。」

「也好。助眠藥對生育不好，妳應該有計畫要……」吳醫生話說到一半搖了搖頭，「我幫妳開胃藥。妳停掉助眠藥是件好事，那藥有些副作用，吃久了對女孩子還是不好，而且妳就要結婚了。抱持輕鬆愉快的心情，對妳會有好處。」

她聽了微笑，但不多想。她喜歡找吳醫生看病，一方面是對方也瞭解她的情況，不會東問西問。

「還有什麼問題，隨時來找我。打電話也可以。」吳醫生溫柔叮嚀。

她道謝後準備離開，突然回過身從手中拿出一片藥錠走回醫生面前，開口說：「可以告訴我這藥是做什麼的嗎？」

#

星期五下班時間，陳庭瑜走出公司，在外頭看見一輛灰色轎車，她認得出轎車的主人是誰，走向副駕駛座開門坐進車裡。

「下班了，今天工作還順利嗎？」梁啟賢對著她微笑。

「嗯，沒事，很順利。」她點頭回以笑容，但表情有些僵硬。

「妳去看過醫生了嗎？」

「前天下班看了，醫生說只是緊張性胃痛，不用擔心。」

「那我就放心了。」他空出手輕捏她的手背。

「我還拿了瑞士的藥請醫生幫我看是什麼，結果真的是鎮定劑。」她轉頭看向他，想看看他有什麼反應。

「真是糟糕，結果害妳睡了一整天。我該寫信跟那間藥局客訴才對。」他一臉鎮定回答，「我想說妳不舒服，才在水裡放了藥，小時候我母親怕我耍賴不吃藥，總是會這麼做，不自覺也模仿了。」

或許真如他所說，拿到鎮定劑只是誤會，並非他刻意要在她的食物裡下藥。然而她拿藥給醫生看時，醫生卻告訴她，藥錠上標示的德文並非全是成分和術語，而是直接標明安眠鎮定的藥物。

難不成是他漏看了？她試圖替對方找出合理的解釋。

「到了。」他停下車，兩人現在位於台北新店的住宅區，這裡多半是新建的房屋，建築的外磚還很新。

「你帶我來這裡是？」她問著，但眼睛閃爍著期待。

「我帶妳來看我們未來的新家。」他說著，彎下腰將她抱起。他抱著她，走到一間透天房前。

「妳掏掏看我的口袋。」他微笑用下巴指向衣服口袋。

她伸手摸了摸，指尖碰到金屬，抽出來是一把鑰匙。

「改天我會打一把新的給妳，把門打開吧。」他催促道。

她興奮地打開門，兩人進到房裡，裡頭傳來油漆味，就是新裝潢的氣味。

「什麼時候準備的？」

「半年前。」他笑著聳肩，「喜歡嗎？」

「看你怎麼介紹囉。」她笑出聲。

「這裡是停車的地方，另一邊看是要做倉庫或是書房都行，我帶妳到二樓看看。」他看起來和她一樣興奮，抱著她走上二樓，客廳、餐廳、廚房，三樓主臥室，一層層介紹，但到了三樓就停下來了。

「怎麼不往上走了？」她問，伸手摸著他的臉頰。

「沒事，上面沒什麼好看的，全部都沒有裝潢。」他搖搖頭，抱著她準備轉身下樓，但她卻掙扎下來，自行走上樓，樓上是兩間獨立的小房間。

她明白這些房間代表什麼，是小孩房。

他從背後抱住她，柔聲說：「沒關係，這兩間房間暫時空下來，妳想用來做什麼都可以。」

「這樣好嗎？」她雙頰流下眼淚，「我不是你理想的妻子，這樣真的好嗎？」

他雙臂緊抱，在她耳邊呢喃：「我說過了，除了妳以外，我不會選擇其他人。妳也一樣，對吧？」

她抱住他的手臂，點點頭。

他摟著她的肩膀，兩人一起走出房外，搭上車準備回家。

「從今天起，妳不要再煩惱關於小孩的事，這件事我也和妳母親說明過了，這是我們兩人之間的事情，安心吧。」他把車停在她家門前，在她下車前握住她的手。

她微笑，停頓了幾秒，開口說：「結婚前可以帶我去見你的父母親嗎？」

他雙眼一瞬間瞪大，隨後點頭答應，開車離去。

隔天星期六下午，陳庭瑜依約抵達了距離住家兩個捷運站的一間小咖啡廳，推開門便見到許維仁坐在深處的座位等候。她下意識環顧四周，確認梁啟賢不在才安心走向前坐下。

「我其實很擔心妳不來了。」他說道。望著陳庭瑜，他的面色顯得尷尬。

「有些事我還是得弄清楚，所以才決定來見你。」陳庭瑜表情堅定。

「我心想妳那麼喜歡他，恐怕也不會聽我勸說了。」

「你什麼時候回國的？」

「比你們晚四天。」他望向她左手的無名指，忍不住注意她是否還戴著鑽戒。

「關於藥的事，我問過醫生，確實是鎮定劑，和在瑞士遇到的醫生夫妻說的一樣。」她嘆氣表情不安，伸出右手覆蓋在戴著鑽戒的左手上。

他看得出來，她還是相信梁啟賢。

「我猜妳依舊認為那只是巧合吧。通常未婚妻睡得那麼沉，睡了整整一天，他怎麼能夠如此冷靜呢？」許維仁蹙眉，不能理解為何她這麼信任梁啟賢。

「我明白你是擔心我，只不過我愛他，應該在弄清楚一切情況後再判斷。他過去過得很不快樂，遭遇很多事，如果我平白無故懷疑他，他會很傷心，而我不想讓他難過。」

許維仁望著她，心情有些複雜，嘆氣後拿出手邊的資料。

「我在瑞士做過一些調查。聽妳說他在瑞士首都伯恩實習過，所以我也去那裡的飯店調查了。資料有點久，我請他們的人資部協助調查，花了一些時間。梁啟賢七年前確實在伯恩實習，但是他沒有完成實習。」

「什麼意思？」她面露茫然。

「他實習只差一天就可以完全結束了，但他最後那天卻選擇請假，至於原因沒有表述。而他請假的那天是七月二十八日，妳被綁架的前一天。」

「也許他那天人不舒服。」她按著額頭，對自己想出的理由感到困惑。

「人不舒服嗎？但是隔天二十九號卻出現在盧森，然後順便救了妳。妳是想這麼解釋的嗎？據說他本來是要做到二十八日中午，下午便要搭飛機回到德國，準備隔天參加畢業口試。沒完成實習，又翹掉口試，怎麼想都很不合常理。」

「我果然還是必須向他問清楚。」她低下頭沉思，手不斷翻攪著沒喝幾口的冰紅茶。她不曉得該怎麼問才不會讓梁啟賢認為自己在懷疑他。

「如果他回答不出來，我怕妳會有危險。」

「什麼危險？」

「妳又不清楚他是怎樣的人，又有什麼目的。如果他傷害妳怎麼辦？」

「他不會。他怎麼可能會傷害我？」她氣憤反駁，但見許維仁一臉擔憂的表情，只好收起脾氣改口說：「我會保護好自己，我昨天也問過他了，請他帶我去見他的父母。」

「他跟妳提過他父親還活著嗎？」

她搖頭回應：「還沒，但我相信他遲早會說。」

「妳這麼信任他，我也很難再多說什麼。如果遇到危險，別忘了隨時打電話給我。」許維仁嘆氣。

她微笑，希望不會有機會需要打電話給許維仁。

這時，一名小男孩莽莽撞撞衝向前撞到兩人的桌子，跌坐在地上大哭。陳庭瑜見了趕緊起身安撫，男孩在她的安慰下哭聲變小。

「哎呀，沒注意你就又到處亂跑了。」一位看似小孩母親的人走向前，見到陳庭瑜溫柔照顧自己的孩子，不禁面露微笑。

「抱歉真是麻煩妳了。」那位母親禮貌答謝。

「沒什麼，我本來就喜歡小孩。」她笑著輕拍小男孩的背。

「妳這麼溫柔親切，以後一定會是個好媽媽。」對方回答道，便抱著孩子離去。

她目送他們離開後才坐回原位。

「妳一定會是個好媽媽。」許維仁重複了剛才那位母親的話。

陳庭瑜望著他發呆。

「我只是表示我也認同她的話。如果妳最後決定和梁啟賢分手，可以考慮接受我。」他露出和過往一樣淘氣的微笑。

她聽了只是低下頭，嘆氣說：「我不會成為母親。」

他安靜幾秒，氣氛有些尷尬。她心想他恐怕以為現在的氛圍是因為他們早就不再是情人，所以才會變得沉默。事實上使她安靜下來的卻是另一件事。

如果此刻在自己身旁的是梁啟賢，對方就能理解自己難過的理由。她心想。

「關於梁啟賢的過去，我會繼續調查。如果有新的發現，我會再打電話給妳。」兩人道別時，許維仁如此說道，並伸手輕捏她的手掌，露出不放心的笑容。

「放心，我不會有事。」她拍拍他的肩膀。

陳庭瑜踏上歸途，回想著和許維仁交往的經過。她十三歲就認識他，他們那時都還很小，學校只有他們兩個台灣人，所以老是會忍不住注意對方。因為其他共同認識的朋友搭線才漸漸有交流，因此成為朋友。

兩人開始交往是在跨年的留學生派對裡，她那年十五歲，對方十六。派對上各年齡層的台籍留學生匯聚在一起，他們彼此沒什麼熟人，於是自然靠向對方。當大夥兒在時代廣場上倒數跨年時，他在一片歡聲中問她要不要跟自己交往。或許是因為對他有好感，加上四周情侶甜蜜相依的氣氛，她立刻答應對方。

他們第一次接吻是在交往後一個小時，派對結束他送她回宿舍的路上。而她開始深入認識對方卻是在那之後，他雙親都是大學教授、家庭美好，成績優異、天資聰穎，不僅學業成就好，體育也很擅長，個性開朗、交友廣泛，就連外貌也端正高大。他什麼都好，就是太過理想，而對陳庭瑜來說，他的完美讓她感到負擔，因為她覺得自己有缺陷。

每當他們接吻時，她總覺得大腿上的疤在抽痛。她不敢想像兩人的未來，他會願意娶一個不能生育的女人嗎？或許是因為如此，她變得很善嫉，對於他過多的女性朋友感到敵意。他們曾經因此吵架，他也為她捨棄了一些朋友。她現在回想起來，那些忌妒都是因為自己自卑，覺得不如人，對許維仁多少感到抱歉。

「結果這次吃飯又在談關於我的事，他自己的事情什麼也沒提。」她喃喃自語，覺得自己利用許維仁對自己的感情，調查未婚夫的出身背景，自己卻沒有將對方當作朋友看待，內心不禁感到愧疚。

她想起許維仁說過，如果七年前她在盧森沒有遭遇綁架事件，那麼他們就會在一起，甚至結婚。這樣的想像在他們交往滿一年時，她也曾想像過。雖然她那時還很年輕，也還未成年，但她跟多數的女孩一樣，都會想像自己和初戀情人結婚。

「庭瑜。」

在她陷入過往記憶時，有人呼喚她的名字。她轉頭看，突然一隻手從後方攬住她的脖子。她預想自己會被摀住嘴、抱住腰、雙手被綑綁，嚇得要叫出聲時，對方卻在她臉頰上輕輕一吻。

她一驚，仔細看發現站在身後的人是梁啟賢。她安心的同時，不禁懷疑這時間為什麼梁啟賢會在這裡？她明明調查過對方的工作行程，他此時應該在中正區新開幕的餐廳裡，為何會出現在她面前？

「妳嚇到了？」他將她轉向正面，捧著她的臉頰問道。見她吃驚的表情，他心裡有些不快。

「有一點。」她剛才確實感覺心臟頓時停止跳動，「你怎麼在這裡？」

「我來這裡挑餐廳的餐具。妳呢？」他回答，眼角瞥向她的左手無名指，確認戒指是否還牢牢套在未婚妻手上。

「我只是出來和朋友吃飯。挑選餐具不是交給員工做就好了？」

「挑餐具需要配合餐廳的裝潢風格，況且這項工作是我最喜歡的一部分。」他微笑，輕輕在她的唇上一點，「妳要不要跟我一起去看看？還可以參考未來我們新家要用什麼餐具。」

他伸出手臂，讓她勾著，兩人一起走向廚具店。她在心中默想，梁啟賢只是碰巧出現在這裡，並不是因為知道自己和許維仁恰好有約。

「歡迎光臨！」廚具店店員見到梁啟賢，馬上熱情招呼。疑似店長的人快步向前招待，看樣子梁啟賢確實是老主顧。

「梁老闆，新購入的餐具有什麼問題嗎？」她端了茶過來，第一句話讓陳庭瑜有些疑惑。既然已經買過了為什麼還要再來？

「沒問題，只是想添購一些特別的餐具，在特定節日可以使用。」

「原來如此。」店長鬆了一口氣，這時才注意到陳庭瑜，「這位是？」

「我的未婚妻。」他面帶微笑介紹。陳庭瑜還不習慣未婚妻的稱呼，但從他口中聽見，心裡有種甜蜜的感覺。

「梁老闆恭喜你。」店長熱情和兩人握手。

「今天帶我妻子來看看，我想或許可以在這裡找到未來新家的餐具。」

「那好，我把最近新收到的目錄給你們參考，最近日本和韓國廠商有寄來新目錄，如果想要獨創性的餐盤組，鶯歌廠商也有一些不錯的手作品，只是價格會稍微昂貴。」店長以眼神示意店員，他們飛快翻找目錄。

「特定節日是指什麼？」陳庭瑜好奇問。

「例如聖誕節和新年，或是生日、結婚紀念日之類的。」他仔細審視目錄，「如果妳有喜歡的可以先記下來，只剩不到三個月，我希望新婚就能馬上搬進新家。」他微笑在她耳邊說。

最後他替新餐廳挑了幾組杯盤和茶壺組，而陳庭瑜也選了兩組餐具。

走出店外，他牽起她的手說：「妳喜歡嗎？像現在這樣挑選未來的家具。」

「我很期待在新家使用我們一起選的家具，感覺很有意思。」她滿足地微笑。

「我也是，我很期待到每一間家具店，告訴大家我們要結婚的事。」

「不過過了一個星期，我媽還沒消氣。」她嘆氣。

「等結婚後，她會慢慢認同的。」他舉起她的手，在手背上輕輕一吻。

兩人走到捷運站，他堅持要送她回家。

「你不用回中正分店嗎？」

「沒關係，新店長在處理，反正也快到下班時間，就讓我送妳回去吧。」

他們一起搭上車，他讓她坐下，站在她前方望著她微笑。她心想如果可以，她希望能給他更多、更完美的家庭。

「我好像從沒看過你小時候的照片。」她突然開口說。她從未見過梁啟賢的家人，自然也無從接觸他的過去。

「我小時候經常搬家，但我應該還有保留一些。」他笑得有些寂寞。她握住他的手，露出心疼的表情。

「以後我們可以拍很多照片，照片會好好收在新家，不會不見。」她對他微笑。

而他則是望著她發呆，心想她為何不論何時總是能這麼樂觀，是因為她的家庭嗎？還是富裕的生活環境？那麼童年的車禍和綁架事件，難道沒有在她的個性上留下影響嗎？

「你怎麼了？」她見梁啟賢面無表情地舉起手伸向她的脖子，突然有些不安。

「沒什麼。」他堆起微笑，扶著她的脖子靠向前在額頭上輕輕一吻。

走出捷運站，夕陽自後方照來，在兩人眼前投射出兩道黑影。

「我今天很開心能夠巧遇你。」她站在家門口，甜甜一笑。她顧慮到母親，所以無法請他進家裡喝茶再走。

「我也是。」他摸摸她的頭，「以後就可以天天見面。下週六妳有空嗎？」

她點頭。

「我們可以挑些家具，或是找裝潢師設計新家的布置。這些得趕快決定了。更重要的是，我想帶妳去看我媽。上次我答應過妳了吧。」

「嗯。」她緊握著他的手。當要接近他的過去時，內心竟有些不安。

他們擁抱後道別，在陳庭瑜走進家門前，梁啟賢又叫了她的名字。

她停下腳步轉身看他。

「妳剛才見面的朋友，別忘了邀他來我們的婚禮。」他說著揮揮手離去。

他那句話像是一條繩索緊勒著她的心臟。她目送他，直到他身影消失在巷口轉角，不禁擔憂他是否知道自己和誰見面？

湊巧、恰好等等的巧合，聽起來很浪漫，但如果是刻意安排的話，反而會令人感到恐懼。

住家前的感應燈倏地暗下，在她美好的未來想像覆蓋上一層陰影。

4-2

陳庭瑜早上醒來換好衣服走下樓，難得看見父親西裝筆挺坐在餐桌前。她父親現在年齡五十末，身為儷華集團海內外數餘家連鎖飯店的經營者，在奮鬥三十餘年的現在，將大部分的工作交給親信的屬下或親戚包辦，自己則以半退休的狀態度日，因此很少這麼早出門。而她母親擔任教職，一大早便出門了。

「庭瑜，今天我送妳去公司吧。」父親喝了口咖啡後說。

「不用，我自己去就好了。跟爸去很尷尬。」

「有什麼好尷尬的？妳是我女兒，以後接管飯店也沒什麼好奇怪。當然將來啟賢也會幫妳，只不過礙於妳媽，我還沒跟他提起。」

「他餐廳很忙，哪有空管理？」

「以後讓他的餐廳加入我們的連鎖企業就好了。」

陳庭瑜泡了杯熱紅茶坐下，一臉煩躁地望向父親：「餐廳是他自己經營的，別老是扯進來。他或許不會喜歡你干涉他的私人領域。」

「不然把部分飯店切割給他也行。現在這些飯店大多數是妳叔叔和堂哥負責，但不管怎樣，這是我一手打造的，我希望這塊大餅將來還是交給妳。既然他是妳未來的丈夫，婚後當然得將一部分轉交給他。也許是這樣，妳媽才反對他娶妳。」

「那爸爸可真是安心。」

「怎麼？妳不想交給他管理嗎？夫妻要相處融洽，丈夫必須獲得一些掌控權，如果妻子在某些領域太過強勢，不管是個性還是經濟或學歷，很容易會導致夫妻不和。就算兩性平權愈加受到重視，現在的社會眼光對於傳統定義還是看得很緊。」

「我不是問這個，只是媽會擔心的事，你不會擔心嗎？」她指尖敲著杯緣問。她母親在那日梁啟賢來求親時說的話，仍讓她有些困擾。

「啟賢家裡的狀況我也聽說了。他沒什麼家人，他的依靠就只有妳，有什麼好擔心的？」

「要是他是為了錢呢？」

父親聽了笑出聲，拍拍膝蓋說：「我說分給他管理，但名字還是登記在妳名下，他只有管理權沒有實質擁有權。況且你們交往至今，我從沒答應要給他任何甜頭。雖然我很讚賞他，但妳才是我的骨肉。他有實力也有骨氣，也未必願意拿我一毛錢。」

她點頭微笑。確實在兩人交往期間，梁啟賢不知在什麼時候知道她是飯店集團的女兒，然而從未要求得到任何好處。

「而且他好像很討厭有錢人。」她喃喃自語，回想兩人剛交往時梁啟賢曾說過的話。

「怎麼了？還在擔心什麼？」她父親沒聽見她剛才的話，但見她表情呆愣便關心道。

「沒什麼。」她搖頭。

用過早飯，他父親帶著她到總公司上班。陳庭瑜走進自己負責的管理部門，而父親走進總經理室。

祕書見到他，恭敬地點頭問候。他走進專屬的辦公室裡，打開電腦開始監督近期飯店的營收狀況和宣傳收益。因為早上和女兒的對話，他思考關於未來自己一手打造的飯店王國該如何分配版圖。眼下，他的弟弟佔據絕大多數的管理工作，再來才是女兒陳庭瑜。他想將收益最豐厚的幾間飯店交由女兒管理，然而她卻不像自己那般熱衷於工作，她有能力，只是興趣取向不在此。即便如此他還是希望由女兒接管。

「果然必須讓啟賢幫忙她嗎？」他心想如果女婿也進來協助管理，或許能讓女兒願意花更多心思在經營上。

門外傳來敲門聲。

「請進。」他坐正，將煩惱暫時拋諸腦後。

他的祕書走進來，端了一杯溫茶，同時將資料放在桌上。

「這是訂房部的經理寄來的信，他吩咐請您過目。」祕書說完後離去。

訂房部有什麼問題嗎？他一臉狐疑望向資料。這是從信箱直接列印下來的紙本信件，上頭寫上了預定飯店各大宴客廳的名單，其中包含時間和客戶姓名，以及用途。上頭一行被畫上了螢光標記，客戶名是梁啟賢，時間是十一月，而用途和他設想的一樣是婚宴。

他先前已得知婚禮會在陳庭瑜固定禮拜的教堂進行，卻沒料到婚宴是在自家飯店。他心裡有些驚訝，心想梁啟賢向來極少碰觸他們旗下的飯店，怎麼會如此決定？

他望向預定時間，比他們此趟瑞士行還要早了四個月，想必是梁啟賢事前就已經安排好了。畢竟利用他們飯店舉行婚宴的新人很多，不及早安排很難搶到好日子。也就是說，婚宴地點不是陳庭瑜要求，而是對方自己決定。

女婿願意選擇在自家飯店辦喜事當然是件好事，總比在競爭敵手的飯店來得好，只不過……他瞥向梁啟賢預約的飯店，飯店名稱寫著「薔薇飯店」，這間飯店並不是近期新開幕的飯店，而是建築較舊、位處老舊商圈的老飯店。

「他怎麼會想選在那裡？」他喃喃自語，打了通電話給梁啟賢。

「啟賢，我是庭瑜她爸。我收到通知，你訂了婚宴的地點了？」

「對。」

「怎麼會想選薔薇飯店呢？如果是沒搶到好地點，我可以幫你喬看看，信義區的飯店有一天晚上沒人預定，只跟你們婚宴日期差一天，農民曆上日期也好，要不要換？」他擔心梁啟賢是在意日子好壞，還特地查過了。

對方話筒安靜許久，隨後才聽見回應：「我明白您的好意，我也曉得您認為薔薇飯店老舊不夠氣派，但我會選那間飯店是因為我父母以前也在薔薇飯店舉行過婚禮，對我來說別具意義。」

「好吧，如果是這個原因我也不好勸了。既然教堂是依庭瑜的意，喜宴地點由你選擇也比較公平。」

「謝謝。我也已經和庭瑜討論過了。她也同意。」
「嗯。婚禮只是儀式，重要的是你們開心。」
他說完後，掛斷電話，點開公司網頁找到那間飯店，盯著飯店的照片陷入深思。

#

星期六早上，梁啟賢依約開車到陳家接陳庭瑜。
「你的新分店最近還順利嗎？」她微笑問。
「還不錯，再兩週就可以開店試賣。」
「這是第十家了？」她露出自豪的表情。
「對，試賣前妳來我店裡吧，我讓妳試試看新菜色。」
他開車往家具店前進。
「妳母親還在生氣嗎？」
「氣消了一些，只是我還不敢跟她提婚禮準備的進度。」
「這也是沒辦法的事，強求不得。」
陳庭瑜望著他的側臉問：「我爸有跟你提過我家飯店的事嗎？」
「飯店？妳說婚宴的地點嗎？」
她搖頭，環抱著手臂低頭說：「我是問關於接管飯店的事。」

「沒有，我並沒有聽到類似的消息。」他表情十分冷靜。

「你餐廳已經很忙了，如果沒意願可以拒絕我爸。」她慌張補充。

「放心，我會自己評估。目前我的任務是把餐廳顧好，以及準備結婚。」他微笑，表情很正常。

她在提問時很擔心會讓他誤解，以為自己擔心他只是為了錢才結婚。雖然她不敢完全否認這項隱憂。

花了將近一整天的時間，他們逛了五家家具店，將沙發、床具、衣櫃、冰箱等全數預定好。她試圖讓自己投入在未來新家的想像中，不去思考她母親的警告，或是許維仁查出的各種可疑事件，以及要是最後取消婚約該怎麼退掉這些家具。她只想暫時假裝像一般的新婚夫妻，享受構築未來藍圖的樂趣。

他們決定好大半的家具，車子行駛在夕陽中，他打開窗，風流進車裡，她的頭髮隨風搖曳。

「妳在想什麼？」他轉頭看向她，彷彿看出她臉上的不安。

「我在想……我們現在要去哪裡？」她堆起微笑望向他。她不可能告訴他自己現在的煩惱。

「妳忘記了？我上週說好要帶妳去見我媽。」他笑著，趁紅燈停車時拍拍她的頭。

在夕陽快落下前，他們抵達目的地，一間裝潢素雅的靈骨塔。這時間來往的人很少，隱約可以聽見唸誦佛經的聲音。一樓大廳有基督教、天主教的禮堂，也有佛教的廳堂。他帶她走上三樓，走廊明亮，一旁牌位前方放置了鮮花或卡片。她對這樣的地點很不熟悉，頂多在她曾祖父過世前幾年來過幾次，後來她父母工作繁忙，也就很少來了。

「媽，她是妳未來的媳婦。」他微笑牽著她的手走到一處牌位前。牌位上的人笑容甜美，看起來很年輕。和梁啟賢過去的敘述一樣，他母親確實已經過世很久。

「我……我什麼都沒準備。」她尷尬一笑。

「妳不必準備什麼，和她說說話就好。」

她試著對相片自我介紹，並握住梁啟賢的手。梁啟賢從口袋裡拿出一隻紙鶴放在相片旁，從紙鶴身上隱約可以看見裡面寫了字。

「我家破產時，本來連牌位也買不起，是我父親拜託母親的朋友們，努力湊出錢才買來的。妳相信嗎？」他苦笑。

她聽到這樣的發言，不曉得該作何感想，只是把頭靠在他肩上。

「妳別在意，這些事已經過去了。」他輕捏她的手掌。

他們在牌位前待了半小時才離去。他開車返回市區，用餐後送她回家。在歸途中，她又問：「你的父親沒有和妳母親擺在一起嗎？」

他瞥了她一眼，表情複雜。

「事情有點難解釋。」他拉開車窗，晚風很強，他的聲音變得不清楚，「我父親其實還活著。」

這次他沒有說謊，和許維仁調查出來的資料一樣。

「可是你之前說他……」她故作驚訝，轉身注視著他。

「我和我爸感情很差，後來我忙於餐廳事業，他自己待在家裡時出了些狀況，我回家看他倒在地上……總之很多原因，最後只好暫且將他安置在療養院。」他的語氣聽起來很無奈，而雙手緊掐著方向盤。

「你還是有回去見他嗎？」

「有，每個月。」他煩躁地拍著脖子，顯然不希望陳庭瑜再繼續追問。

「為什麼你之前要說他不在了？」她摸著他的手臂安撫。

他表情一沉，突然加速，將車開到附近一座小公園前，猛地停下車，車燈關上，四周陷入黑暗，只能看見遠處的路燈。

「怎麼了？我是不是問了不該問的事？」她慌張打開車內的燈。

他搖頭，別過臉不看她。

「我不想騙妳，但說實話，我不想讓人知道我的父親。」

她想起梁啟賢說過，小時候父親欠了一屁股債，自己也得承受很大的壓力，後來又導致他的母親生重病。

「你恨你父親嗎？」她輕拍他的背。他沒回答，只是轉身朝向她，抱住她將頭靠在肩上，身體微微顫抖。

他情緒平復後，開口問：「妳會生氣我沒告訴妳真相嗎？」

「不會。我知道你比一般人堅強，也比一般人脆弱。努力到現在，辛苦你了。」她拍著他的背安撫。

他深吸一口氣問：「妳今晚可以陪我嗎？」

她猶豫了半晌，打電話給她父親報備自己要外宿梁啟賢家，便隨對方回到他承租的小套房。

夜晚，他抱著她，聞著她身上的氣味，兩人緊緊擁抱。她第一次在他家過夜，身上穿著對方的上衣，他的手穿過衣襬摟著她的腰。這件上衣，她穿起來顯得有些寬鬆。他借她穿上，而後又親手將上衣脫去，經過了幾個小時，她才又穿回來。

「我的爸媽也是你的爸媽，你以後會有更多的家人。」她抱著他，溫柔說道。

他聽了笑而不答。

「妳現在已經不吃助眠藥了？」他擦去她額頭上的汗珠問。

「不吃。」她搖頭，接著問：「我們剛認識時，你本來很討厭我去你餐廳找你，為什麼後來又願意和我吃飯？」

「我不答應妳，妳會放棄嗎？」

「當然不會。但你後來又怎麼喜歡上我？」

「我對妳可是一見鍾情。」他雙眼瞇細望著她，露出懷念的眼神，似乎在回想兩人初次見面的景象。

「怎麼可能？」她不相信，伸手捶了他的肩膀。她不敢回想他們第一次相見時，自己是怎麼悲慘的模樣，那樣的她怎麼會讓他一見鍾情呢？他的回答令她背脊發涼。

「因為妳實在太難纏，見面久了，自然就喜歡上。」他微笑親吻她的唇，「只問我，那妳呢？」

「我、我當然一開始沒有要求你一定要跟我交往，只是你的聲音讓我感到很安穩，還有身上的氣味，我最害怕的時候，因為你出現才獲救，你身上的味道讓我很安心。」

「對妳來說，我是安心的存在嗎？」他問。

「嗯。」她簡短回應，靠向前聞著他身上的氣息。

「我也喜歡妳的味道，我們聞起來像是同類。」他說著把鼻子靠向她的脖子。

她笑出聲：「又不是狗。」

「如果妳是狗，我就必須把妳套上項圈，免得妳跑走。」他笑著閉上雙眼入睡。

她靠在他懷裡，剛才他那句話聽起來很嚇人，她一點也不覺得浪漫。難不成如果我違抗他，他就要把我用項圈綁在家裡嗎？她甩去壞念頭，靠在他胸前緩緩進入夢鄉。

早晨起床時，她難得看見梁啟賢還在睡覺。她鑽出棉被好奇地參觀他的房間，房內有小小的廚房可以煮飯，冰箱上寫滿備忘錄，也包含他們婚禮準備的進程。看他寫得如此詳盡，不禁覺得可愛。

而書櫃有不少經營相關的書，還有食譜。在書櫃上方放了一張裱框的家庭照，照片裡梁啟賢還很小，可能只有四歲大，他母親牽著他的手，父親西裝筆挺抱著母親的肩膀，三人站在一間華麗的大廳裡拍照。他們笑得很燦爛，這使陳庭瑜看著不由得感到心酸又心疼。

我可以給他一個完美的家庭嗎?她忍不住心想。

「妳在看什麼?」梁啟賢突然從背後矇住她的眼睛，讓她嚇得叫出聲。

他鬆手將她轉身，輕拍她的頭。

「幹嘛突然遮住我的眼睛?」她心有餘悸，忍不住罵道。

「這房間只有我，妳怕什麼?」他輕聲一笑。

「我只是剛睡醒，所以嚇了一跳。」她舉起手中的相片問：「這是你家的全家照?」

「對。」他拿起相片，放回書櫃上，似乎不想讓她多看。

「你父親以前是做什麼的?」

「我應該提過了，餐飲相關。」他靠上前吻了她的鼻頭，牽她離開書櫃。

他讓她在床上坐下，自己到廚房準備早餐。她瞥向剛才那張照片，無事可做，注意到陽台懸掛的衣服。最近梁啟賢為了新開幕的餐廳和婚禮準備，忙得不可開交，大概衣服也沒時間收。

「衣服我幫你收下來喔。」她說著主動幫他收衣服。

這些衣服還是上回瑞士旅行的衣物。她將衣服收下來，一件件摺好，這樣感覺就像兩人已經是夫妻，心裡一陣甜蜜。

她家雖然有大集團老闆的父親，但母親不喜歡外人進出家裡，所以平時家事還是自家人分擔處理。她從小便習慣幫母親做家事，摺衣服是她的工作，所以做起來很熟練。她掏掏口袋，發現有沒扔掉的紙團。

「怎麼跟我爸一樣。」她笑出聲正要把紙團扔掉時，發現上頭寫了字。小心攤開來看，字跡有些糊了，但仍勉強看得出來，寫著「AG-7506」。

這個是車牌號碼……她想起這號碼在哪裡看過，是許維仁在瑞士租車的車牌號碼。她倒抽一口氣，偷看梁啟賢的舉動，他正在專心煎蛋，不曉得她發現了什麼。

她低頭再次看向紙條，上面有旅館的標誌，顯然是旅館的便條紙，是他們在茵特拉根下榻的那間湖邊民宿。

果然他知道自己和許維仁見面。她回想瑞士發生過的事，當她和許維仁坐在車上討論梁啟賢可疑的行動時，對方可能一直在注視著他們。這樣推論下，不禁懷疑鎮定劑就是為了讓她無法和許維仁見面。篡改的訂房紀錄、拿走許維仁的電話號碼……甚至將火車票和護照全收在他自己手上，這些事已經難以用巧合來形容。

「妳有想過怎麼會這麼湊巧，梁啟賢就目睹妳被人綁走？他可是共犯！」這句話是她最害怕的事。如果許維仁說的是真相，那麼梁啟賢無非是造成自己陰影最大的主謀嗎？

「怎麼了，妳在發什麼呆？」

她聽見梁啟賢的聲音，嚇了一跳往後退。梁啟賢在她身旁坐下，抓住她的手臂。她茫然不曉得是否該和他攤牌，攤牌的結果兩人恐怕無法再結婚，說不定自己還會有危險。然而，如果梁啟賢在瑞士一切的行動，只不過是單純嫉妒，希望她不去見前男友，那麼這樣懷疑他，是不是自己才是對不起他的人？

在她內心慌亂之餘，他已經一手將她拉向自己，摟著她的腰露出微笑。

「我們現在就像是新婚夫妻一樣。」他微笑輕捏她的鼻頭，前方的小桌子上已經放著熱騰騰的三明治和兩杯熱紅茶。

她試著堆起微笑，偷偷將剛才的紙條收進袖子裡。她心想梁啟賢知道自己有通知父親來這裡留宿的事，他不可能敢對她下藥，但還是刻意拿了靠近梁啟賢的那杯紅茶。

她早餐只吃了一半，便吃不下了。她戰戰兢兢坐在他身旁，胃不停翻攪、反嘔不舒服。

「妳沒事吧？臉色很差。」他問著，伸手擦去她額頭上的冷汗。

「我胃藥沒帶在身上，有點難受。我得回家吃藥。」

「我以為妳已經好多了。昨晚吃飯也沒見妳拿藥出來。」

「本來是好多了……」她眼睛向上瞥，看著他的臉。

「妳換好衣服，我送妳回家。」他一臉心疼吻了她的臉頰。

她在他的唇碰觸時，仍禁不住地顫抖。不確定對方是否發現了，緊張地握拳。

她迅速換好衣服，在他的攙扶下搭上電梯。她本想自己回去，但害怕反而露出馬腳，只好讓對方送自己回家。

一路上，她抱著肚子，假裝因為腹痛說不出話，雖然她是真的肚子不舒服，但並沒有嚴重到無法說話，只是現在的情況，她不曉得該怎麼保持鎮定和他相處。

車子平安抵達陳家門前，她慌張拉開門把準備下車，突然被梁啟賢拉住手，身體一傾，他撐住她的肩膀，深深吻了她的唇，他的舌頭像一條蛇般滑進嘴裡，輕輕撫過她的舌尖。她嚇出一身冷汗，睜眼望著對方的雙眼，不知道該怎麼反應。

他將她的肩膀向後推，讓她站穩。她嘴微張，像是被蛇毒麻醉過一般。

「快點回去吃藥吧。」他微笑。

她回過神，點頭關上車門，目送他離開。

梁啟賢開車返回公寓，面無表情望著前方的車潮。

「我的爸媽也是你的爸媽。」他重複昨晚陳庭瑜說過的話，發出戲謔般的笑聲。

他將車窗按下，讓外頭的喧囂聲傳進車內。腦中浮現他親吻陳庭瑜時，她一臉驚慌的表情，不禁露出微笑。他彷彿看到她漸漸被自己一點一滴染黑，不禁好奇當她已經無力再承受過多的真相時，究竟會變成怎樣？

回到公寓，他走向床邊，陳庭瑜衣服摺了一半，她穿過的上衣攤在床上。他將衣服拿起來，嗅了嗅，上頭留有她的氣味和輕微汗香。

他撿起摺了一半的褲子，伸手掏了掏口袋，雙眼瞇起一笑，喃喃自語：「小公主拿到新的線索了嗎？」

4-3

陳庭瑜和梁啟賢分開那天晚上，她花了好長一段時間才讓自己入睡，幾年來的夢魇又藉機纏身。她夢到自己再度身陷盧森那座小山的木屋中。她掙扎試圖逃脫，但手腳被麻繩綑綁，麻繩刺痛她的皮膚。一旁的人用德文交談，她的身體被人覆蓋住，怎麼扭動身體也無法將對方推開。

那人用德文怒罵她。她聽不懂他們在說什麼，內心充滿驚恐。臉頰、嘴唇、鎖骨被人濕熱的雙唇碰觸。那人將舌頭塞入她口中，讓她覺得噁心想吐。上衣傳來撕裂聲，她感覺釦子一顆顆被剝開，肌膚赤裸在空氣中，她的羞恥被恐懼掩蓋。

她心想自己可能就會死在這裡，被扔棄在河流或湖泊裡，或掩埋在山谷中。她尖叫的同時，被人打了一拳，掙扎之餘，褲子也被人扒下，肌膚被冰冷的手指觸及。她聽見那些人的譏笑聲，心中最不想被看見的那道疤裸露在外，渾身發顫。

「拜託你們饒了我，讓我離開！」她不曉得怎麼用德文求饒，下意識說出中文。

那些人大笑，笑聲開始薄弱，只剩下一人在笑。她的雙眼被矇住，不曉得發生什麼事，只感覺冰冷的東西摩擦著自己的大腿，她發覺那是什麼的瞬間，利刃劃過大腿內側，像是想將她腿上的疤挖除。

驚嚇壓抑住疼痛，她放聲大叫。

突然她的眼罩被拿下，眼睛恢復光明，眼前視野裡只有一個人，而那人卻是梁啟賢。

「你是來救我的？」她一臉茫然。

他笑著問：「妳有沒有事？」

他將她扶起，替她解開麻繩。她的大腿根部血肉模糊，看不出來疤還在不在。

她望向四周，卻不見半個歹徒，心想剛才那些人去了哪裡。

「先把衣服穿上。」他說著脫下外套交給她。她發覺自己全身赤裸，羞赧地套上衣服。

「妳這樣不好走路，我揹妳下山。」他蹲下讓她靠在自己身上。

她抱著他的肩膀，當他起身時，她瞧見地上從頭到尾只有一雙腳印。

「你來的時候沒有見到那些綁匪嗎？」她怯生生地問。

他停下腳步沉默不語。她發覺事情不對勁，掙扎扭打下，兩人一齊倒在地上。她翻身想逃，但對方已經追過來，跨坐在她身上，兩手掐著她的脖子，雙眼通紅，發出和剛才一樣的笑聲。

「我說過妳的身體是我的，除了我還有誰能接受妳身上的疤！我不會把妳交給許維仁，更不會交給任何人！」他眼角流下眼淚，雙手力道加強。

她望著他感覺心痛，但肺部已經吸不到一絲空氣。當她認為自己就要死去時，瞬間驚醒。

她躺在床上倒抽一口氣，胃部劇烈翻攪，使她想吐。她回想昨天發生的事，發覺自己還躺在自家房間，那些都只是夢。

她望向時鐘，時間是早上五點半，比起床時間早了一小時。她睡不著，索性起床下樓喝了杯水，水才剛灌進肚裡，馬上又吐了出來。

「怎麼了，妳昨天回家氣色就很差。」她母親下樓見到她便走向前，輕拍她的背。

她微笑搖頭，想起母親告誡過的話，笑容不禁變得不自然。

「你們婚禮準備得如何了，我已經收到喜帖，何必用寄的呢？直接拿給我就好了。」母親手上拿著幾天前剛收到的喜帖。

「用寄的比較正式。」她虛弱一笑。

母親將喜帖貼在冰箱上，靠在流理臺旁說：「媽其實也很高興妳找到喜歡的人，只是梁啟賢那男人看人的眼神，有時候讓我覺得毛毛的，或許只是我多想了，畢竟你們交往這麼久，他也沒做出任何傷害妳的事。」

她點頭，不小心將手邊的馬克杯撞倒，杯子跌落在地碎成好幾片。

「看妳，把杯子摔破了，用掃把掃起來吧。」母親搖頭嘆了口氣，走去拿掃把。

「他沒有做出任何傷害我的事，對吧？」她喃喃自問。

#

下班時間，陳庭瑜站在公司樓下等人。

「庭瑜，在等未婚夫嗎？」幾個同事下樓見到她，向她打招呼。

她沒回答，只是點頭。

過了幾分鐘，在街角停了一輛黑色轎車。她左顧右盼，偷偷靠向前輕敲車窗。車內人拉下車窗，確定來的對象是誰後，解除門鎖。

「妳沒事吧？中午突然接到妳的電話。」許維仁見她坐下後擔憂詢問。

她搖搖頭。

「總之先離開這裡吧。」他轉動方向盤，開車離開。

一路上，陳庭瑜小心注視窗外，擔心梁啟賢是否在四周窺視。

「外面開始下雨了，視線沒這麼清楚，不必擔心。」他打開雨刷，雨滴點滴打在窗上，模糊窗外的景色。車燈、路燈透過雨景觀看，糊成一片黃澄澄的景象。

「果然發生了什麼事，對吧？」他把車停在路邊，眼看陳庭瑜背對著自己哭泣。

「我在他房間裡找到這個。」她擦乾眼淚把上次在梁啟賢房間找到的紙條拿出來交給他。

他看了不禁握住她的肩膀說：「他一開始就知道我們見面，卻裝作什麼都沒發生。這樣妳還要跟他結婚嗎？」

她擦著眼淚不回話。

「我知道妳還愛他，畢竟都準備要結婚了。可是妳要愛情還是性命？更何況，妳真心認為他愛妳嗎？」

「我很想問，問清楚過去發生的事和他是不是有關，你找出來的資料我相信不是要來騙我的，但我總是忍不住幫他想很多理由，或許一切都只是巧合。他說過愛我，聽起來很真實，但我現在已經不曉得那到底是不是真話。」她啜泣，雙眼無助。

「這樣和他生活，妳不會害怕嗎？」

她按住額頭，長嘆了一口氣。

許維仁雖然一段時間沒跟她見面了，但他還是看出她過去的習慣。他知道她其實很害怕，可是又不敢承認。她愛梁啟賢，同時也怕他，所以感到困惑不安。

「事實上，妳在盧森昏迷那天，我試著向當時負責處理綁架案的警察局調出後續的調查結果，但因為我不是當事人，沒有權力取得資料。但他們跟我說了，那次的報導警方接到我國外交部的通知，說要將新聞壓下來，因此不僅我們國內沒看到新聞，就連瑞士後續也將相關報導撤下。」

「大概是我爸請認識的人幫忙說情了。」她回答。

許維仁思考半晌後說：「我想後續調查報告還有一個辦法可以取得，那就是向外交部申請，他們應該可以請瑞士辦事處協助，但這件事只有妳本人能辦到。」

「我知道了，我會試著連絡看看。」她面露憂色。

「不過既然梁啟賢沒受到任何刑罰，也許妳不用太擔心。」他見她不安的表情又不禁安慰。

「謝謝你。」她明白對方的心意，勉強堆起微笑。

他嘆氣又說：「我記得妳上次說要向他問清楚七年前在瑞士究竟為什麼沒完成實習，又翹掉口試吧。但我想妳恐怕什麼也沒問。」

她苦笑著點頭。她沒辦法想像如果問了，梁啟賢會怎麼回答自己，她實在太害怕，不敢鼓起勇氣。

「還是要我直接跟他攤牌？反正本來就是我自己想調查的，如果我沒找妳，這些事妳也不會曉得。」他表情堅定提議。

「要是你遇到危險怎麼辦？」她抬起頭，握住他的手腕，「更何況他會相信嗎？」

「不然該怎麼做？」他望著她露出一臉無奈，「無論如何，我會幫妳到底。當年妳會出事我也有責任，要不是盧森那件事，妳也不會遇上梁啟賢。」

「謝謝你。」她擦去眼角的淚水，聲音哽咽。

他伸手抱著她安撫。

他送她回到家門口，在她離開前，忍不住拿出放在車內置物箱中的一封信，擺在她面前問：「這是妳寄的嗎？」

她瞇眼仔細一看，那是她和梁啟賢的喜帖。她擔心尷尬，所以並沒有將他列入收件名單裡。許維仁見了她的表情，便明白答案。

「不是妳寄的？」他面露一副理所當然的臉，嘆了一口氣嚴肅說道：「看來梁啟賢知道的事，比我們想像得還要多。」

#

星期天下午，陳庭瑜自行開車前往基隆。她依循著衛星導航來到位於市區邊緣的一間療養院前。她從許維仁那裡取得地址，許維仁本想陪同她前來，但被她拒絕了。

「您好，請問是來探望病人的嗎？」櫃檯護理師親切詢問。

「我是來拜訪梁勝永。」

「麻煩填寫資料。」護理師拿出筆放在簽名簿上。

她盯著簽名簿，心中有些不安。如果梁啟賢發現自己來過，不曉得會不會生氣？然而她既然已經來了，不能什麼也沒做就離去。

護理師告知她房號，她道謝後前往梁勝永的病房。療養院內相當整潔，唯獨消毒水味和藥味很重，讓她感覺身體不大舒服。

走進病房，一名年約六十多歲的男人背對她而坐，那人望著窗外發呆。她走向前輕聲詢問：「請問是梁勝永先生嗎？」

對方聽見呼喚，轉過頭看她，做出回應。

「我是啟賢的未婚妻。」

梁勝永的表情變得有些吃驚，眼神彷彿在問我兒子人呢？

「他今天有事，所以沒來。」陳庭瑜尷尬注視著眼前的男人，隨後說：「啟賢不是很喜歡提起自己的過往，您可以告訴我，過去他發生了什麼事嗎？」

梁勝永上下掃視她，依舊默不吭聲。

「啟賢過去曾經為了自殺發生過車禍，這些事我都是最近才知道，我很想多瞭解他，明白他到底在想什麼。」她上前誠懇地握住對方的手。

聽到車禍這兩個字，梁勝永的表情有些扭曲。

「是我對不起他，我害了他。」他總算肯開口，但卻不願意多說什麼。

「所以您也知道他去德國讀書，到瑞士實習的事嗎？」

他聽了點點頭。

「他有跟您說過關於那裡發生了什麼事？他又為了什麼原因沒完成實習，還翹掉畢業口試？」

「是我的錯。」梁勝永只說了這句話，搖了搖頭。

不論陳庭瑜怎麼問，梁勝永都不願意透露更多。

她長嘆一聲，眼見窗外天色漸暗，只好起身準備離去。這時梁勝永卻叫住她，開口問：「妳叫什麼名字？」

「陳庭瑜。」她簡短回答。對方聽了一瞬間睜大眼，望著她彎下腰鞠躬。

她只是點頭回應，並不曉得梁勝永這動作的用意。

在她走出病房前，梁勝永始終沒有抬起頭。

她離開後梁勝永抬頭望向門邊，喃喃自語：「過去的因果，這一輩子終究會糾纏不清。」

陳庭瑜坐上車，想起自己把手機忘在車上，心想要是之前聯絡外交部的結果出來了，漏接可不好。她急忙打開手機一看，卻見在這段時間梁啟賢打了四通電話。她不禁慌張，擔心梁啟賢是不是知道自己來療養院的事，但不論如何，她僅告訴許維仁來訪的事，梁啟賢不可能知道。

「他打電話來是為了什麼？」

正當她自言自語時，手機又開始震動，恰巧就是梁啟賢來電，使她吃了一驚，險些將手機摔到地上。

「喂？」她慌張接起。

「庭瑜，我打了好幾通電話，可是妳都沒有接。發生了什麼事嗎？」梁啟賢的聲音聽起來很緊張。

「沒什麼，只不過是我把手機忘在車上。」

「妳今天開車嗎？真難得。」從他的聲音聽來，似乎鬆了一口氣。

「剛好開車去修車場檢查。」

「那妳現在可以來我新開的店嗎？下週要開幕，開幕前我想讓妳試吃新菜色。」

她望向手錶，面有難色地回答：「車子還需要一個多小時才會檢查完。」

「這麼久嗎？」

「因為我請他們順便幫我清潔保養。」她趕緊補充。

「所以妳一直待在修車廠等？」他的聲音聽起來似乎不大相信她的話。

「沒有，我在附近逛逛。車子保養好我就過去，好嗎？」她勉強想了個藉口搪塞，但卻逃不掉和梁啟賢見面的事。

她掛斷電話趕緊開車返回台北市，但恰巧遇到車潮，比預計時間晚了半個鐘頭才抵達餐廳。

「妳晚了半小時。」他雙臂交抱，靠向前摟著她在臉頰上輕輕一吻。

「路上遇到塞車，花了一些時間。」她回答的同時，盡可能忍住顫抖。

「不過這樣也好，閒雜人等已經下班。」他微笑，拍拍她的肩催促她進去。

他踏進餐廳的前一刻，轉頭瞥向陳庭瑜的轎車，車窗上還有一層灰塵，心裡便有底了。

「餐廳已經完全裝潢好了呀。」她堆起微笑，望向四周。餐廳裡只開了幾盞燈，視線昏暗，但可以確認的是確實除了他們以外，沒有任何人。

在中央一張桌子上擺了幾盤菜，他走到餐桌旁拉開椅子。

「小姐，請讓我為妳服務。」他微笑看著她。

她感覺心臟狂跳不止，腳顫抖地踏出步伐在座位上坐下。他替她脫去外套，放在一旁的椅背上。菜有些涼了，油脂的香氣和油炸味凝滯在空氣中，和她的不安渲染在一起，使她不由得想吐。

「今天的菜色是香橙蜜汁雞、酒醋牛排和羅勒羊肉捲，另外還有三色蛋糕。」他露出一臉甜蜜的表情，細心替她切開牛排。她不禁盯著他的臉，他看起來沒有半點異常，現在就像過去他們交往的時光一樣，她總是會到他的餐廳，試吃餐點，並提供感想和意見。

她瞥向桌上的牛排，他手上的刀十分銳利，輕鬆將肉切成數小塊。細微鮮血自鮮美的肉切面滲出，她突然想起夢中被割開的疤，大腿根部莫名感到疼痛，彷彿現在被切開的不是桌上的肉，而是自己腿上的疤。

「怎麼了？」他望向一臉驚恐的她，手上的刀朝著她。

她緊盯利刃倒抽了一口氣。

他放下刀，抬起上半身伸手碰觸她的額頭，柔聲道：「妳臉色看起來很差。」

「沒事，這看起來很好吃。」她搶過刀叉，開始吃了起來。她一方面是為了奪走刀，一方面是為了不要讓他起疑，肉的香氣完全無法傳進大腦，她的胃絞痛得更厲害。她努力將肉吞進肚裡，並止住想吐的感覺。

「好吃嗎？」他坐在一旁，一手撐著下巴問。

她點頭，用餐巾紙擦拭嘴巴。

「再嚐嚐看這個。」他將香橙蜜汁雞放到她面前，柳橙切片整齊排放在盤面上，油炸雞丁淋上蜜汁排放在上頭。她看著發亮的蜜汁和油炸的雞丁，伸手選了一塊看起來最小的放入嘴中。雞丁的肉汁流入喉嚨，油炸味和甜味、柳丁香氣交融，明明是美味的餐點，但她卻面露難受。

她忍不住摀著嘴站起身跑向廁所，將食物吐進馬桶裡。

廁所的燈沒開，隔間裡黑漆漆的，她靠在隔間牆邊，嘴裡滿是噁心的嘔吐味。

「妳還好嗎？」他突然出現在門邊，因為四周昏暗加上身體難受，她根本沒注意到對方的動靜，不禁嚇了一大跳。

他伸手拉住她，防止她向後跌。她嚇得將手往後縮，但他抓得很緊，硬是將她拉向自己。

她回過神，不再掙扎，開口說：「抱歉，我把菜吐出來了。最近胃腸很差，菜很好吃，這是真的，只是我現在沒辦法吃。」

「吃不下就不要勉強。」他見她雙腳發軟，彎下腰將她橫抱起來，把她放在餐廳角落處的沙發上，讓她躺下。

「妳要怎麼回家？還是到我的公寓，我來照顧妳。」他用濕紙巾擦拭她的臉。

她搖頭。她不敢再去他家。見她拒絕時，他的雙眼微睜，但她身體不適，沒注意到。

「我開車來，不好把車留在這裡。」她找藉口拒絕。

「不然我開妳的車，送妳回家好嗎？」

她猶豫了一會兒，不管怎樣，她無法自己回去。在還沒露出馬腳前，梁啟賢不至於敢對她做什麼。更何況對方就算對自己別有目的，那目的也不是為了殺掉自己吧？

「那就請你開車送我回家。」

「等妳好多了，我再送妳回去。我先整理餐廳。」他微笑，拍拍她的手臂。

她不敢閉上眼睛，但剛才嘔吐使她感到疲倦，最終還是沒勝過身體的狀況。她閉上眼，聽著廚房內傳來洗碗的聲響，腳步聲慢慢靠向前。她感覺他將自己抱起，她靠在他身上，他的氣息傳至鼻腔。

「抱歉我沒能吃完你準備的菜。」她真心感到抱歉。半睡半醒間，她忘記恐懼，在她心中，梁啟賢還是她最愛的人。

「沒關係，以後還有機會。」他低頭吻了她的額頭。

他抱她走出店外，小心翼翼將她放在副駕駛座上。她的手機傳來聲響，他拿起來看是她父親來訊叮嚀她路上小心。

看來她通知她父親來餐廳的事了。他關好餐廳門折回車上，不久又一通訊息，她睡得很沉，沒發覺他偷看自己的手機。這次回話的是許維仁。

「我知道了。發生任何事，隨時連絡我。」許維仁留下了這樣的字句。

他盯著上頭的訊息，表情扭曲。

陳庭瑜醒來時，人已經在家門前。

「庭瑜，到家了。」他溫柔撥開她的瀏海。

她瞬間驚醒，望向車窗，窗外是熟悉的景象，不禁鬆了一口氣。

「做惡夢了？」他伸手握住她的手。

她搖頭：「我只是沒料到這麼早就到家了。」

他先下車，扶她走出車外。

「天呀，妳是喝酒了嗎？」她母親走出門外見她腳步不穩，以為她是醉了。

「沒事，她只是身體不舒服。」

「來吧，我扶她進房裡。」她父親扶著她走進屋內，而母親還留在外頭。

「我很抱歉之前對你說了不中聽的話。」母親先表示善意。見到他體貼地將女兒帶回家，自然多了一層信賴感。

「我很抱歉之前對她做了那些事。」他低下頭面露誠懇。

母親心想對方在顧忌自己上次生氣的事，苦笑道：「如果她不願意，你也很難要求她吧。她也不是小孩了，況且她說了，那是她自個兒要求的。反正也老大不小，既然都要嫁了，就算了吧。」

「我真的很抱歉。」

「別說了，以後都是一家人。」她微笑送他離開。

他招了台計程車，搭車返回家。路上天空降下雨，他嘴角微笑，喃喃自語：「我是真的感到很抱歉，不管是現在還是過去。」

他打開手機撥了一通電話，電話那頭傳來回音——

「您好，這裡是吳醫生家醫科，請問需要什麼幫助嗎？」

「我是陳庭瑜的未婚夫，有些事情想請教吳醫生。」他說著露出得意的笑容。

第五章、野獸與薔薇

5-1

陳庭瑜坐在辦公室裡，整理這個月的營業表單。她本來想請假，但這幾日心情煩躁，一空閒下來反而心情更差，胃部疼痛不減。她看向藥包，藥已經沒剩多少。她向來只有在痛到受不了的時候才會服用，用得很省，然而最近沒時間再去看診。

她在見過梁啟賢的父親後，試著上網搜尋他的名字，梁勝永和餐廳這兩個關鍵詞並未讓她找到任何資訊。她還是不知道過去梁啟賢一家發生什麼事。至於外交部申請的結果，辦事處人員表示因為時間太久了，究竟能不能調出資料無法給予肯定的答覆。

她打了通電話給許維仁，電話響了許久，可是沒人接，只好傳簡訊給他——

「你可以幫我請徵信社調查梁啟賢父親破產的事嗎？還有他發生過的車禍。」

一旁同事走到她的座位前，輕敲隔板。

「喔，怎麼了嗎？」她吃了一驚，趕緊將手機收起來。

「我聽說妳辦婚宴的地點是我們公司的薔薇飯店。」同事露出八卦的笑容。她和這位同事感情還算不錯，私下偶而會一起吃飯。

「對，是我未婚夫選的。」她尷尬一笑。婚禮真的要辦下去嗎？她其實很不安，卻為了查出梁啟賢的背景，而沒時間確認此事。

「那間飯店本來要賣掉了。要不是妳未婚夫想在那裡辦喜宴，總經理又撤回決議。那間飯店也不新，地點又在舊商圈，原本有幾家商場和百貨業者想要買下來重新裝潢營業。真不懂妳未婚夫在想什麼。」

同事拿出薔薇飯店出售的案件資料放在她桌上。資料上頭被蓋上作廢的紅色大章。她將資料拿起來翻，上面放上了該飯店各大重點位置的照片，她翻開前三頁，目光停在大廳的位置，手停止不動。

「我聽說總經理勸妳未婚夫換到信義分店，可是他竟然拒絕了。」同事沒發覺她的異狀，繼續滔滔不絕。

「這份資料可以留給我嗎？」她抬頭看向同事。

「當然，反正都已經作廢了，枉費我花了多少時間調查這飯店的歷史。」同事喃喃自語，離開她的座位。

她望著照片裡的大廳，大廳灰色大理石地、亮漆黑帶紅的石造牆面、黃橙色水晶吊燈和鋪有玫瑰花紋地毯的螺旋梯。大廳的影像和她腦海中的記憶重疊，她確定自己看過這個地方，就在梁啟賢家裡。梁啟賢家中那張家庭照的背景，毫無疑問就是薔薇飯店。她之所以無法查出梁啟賢父親過去生意失敗的資料，原因就在於她一直被梁啟賢誤導了，他父親確實是從事餐飲相關的工作，然而並非餐廳老闆而是飯店經營者。

她趕緊撥電話打到總經理室。

「您好，這裡是儷華集團總經理室。」

「喂，謝祕書，總經理在嗎？」她著急詢問。

「陳經理，陳總今天尚未進公司，今日總經理表示為私人行程，恐怕不會進公司。」

「好，我知道了，謝謝。」她掛斷電話改撥手機，但卻沒人接。

她結束通話改撥打電話給法務部門，請他們調出當年薔薇飯店購買時賣方提供的建物謄本，找出原先的所有人。

切斷電話後，她盯著資料上的照片心亂如麻，順手往後翻，看到資料上寫了這間飯店過去的背景，瞬間明白了許維仁的擔憂一直都不是多慮。

——七年來，梁啟賢接近她真正的目的，絕對不是因為愛上自己。

#

陳庭瑜的父親陳國政坐在餐廳包廂裡等人，他拿出皮夾，皮夾裡放了一張照片，照片中他牽著女兒的手，與妻子併肩而站。當時陳庭瑜只有十歲。他並非一直將這張照片放在皮夾裡，而是這幾天特地翻出來的。同樣的照片當初在報章雜誌上也曾刊登過，那是他事業開始踏上巔峰的時期。他之所以帶著這張照片，原因是這照片背景的大廳。

服務生上前帶領著約定和他會面的人出現，那人對他微笑坐下。

他面露嚴肅盯著眼前的人看，不發一語。

「爸，我來了。」梁啟賢看著他，露出溫和的笑容。

陳國政盯著眼前曾經自豪的準女婿，後頸起了雞皮疙瘩。

「別叫我爸。」他瞪著對方，右手握拳。

梁啟賢態度輕鬆，依舊保持笑容。

「說，你到底想幹什麼？」

「我已經查出過去你是怎麼汙衊我父親的飯店，這些就是我的證據。」他拿出一疊厚厚的紙本資料壓在桌上。

「你是想威脅我嗎？」

「我只不過是想和你做個交易，畢竟我也捨不得庭瑜受傷。」他瞇細雙眼說。

「你這個卑鄙的傢伙，你說吧，你的條件是什麼？」

「薔薇飯店的經營權。」

「這麼簡單，反正那間飯店早就經營不善了，你想要我現在就能轉讓給你，甚至可以給你更多。」他面露詫異，沒想過對方要的只是間舊飯店。

「其他你從別人手中強取豪奪的骯髒飯店我並不想要。」梁啟賢搖頭。

「所以只要我把薔薇飯店給你，你就會保密嗎？」陳國政戰戰兢兢地問。

「聽過《美女與野獸》的故事吧？奪走了玫瑰，想償還罪過可沒這麼簡單。我還要你的女兒。」梁啟賢露出與此景不相配的愉快笑容，使陳國政自內心感到一股詭譎的恐懼。

陳庭瑜到了下班時間依舊沒找到她的父親，而留言給許維仁的簡訊也沒有收到回應。

她想起梁啟賢寄給對方的喜帖，心中滿是不安，趕緊又撥了電話過去。這次電話不再無人接聽，但接電話的卻是一名中年女子。

「您好，這是維仁的電話。請問您哪位？」

她聽見聲音馬上得知對象是誰了，接電話的人是許維仁的母親。

「許媽媽，我是庭瑜。」她不安地回應。

對方停頓幾秒，傳來嘆息聲：「維仁他出車禍，人現在躺在醫院裡。」

「他出車禍？怎麼回事，他人還好嗎？」陳庭瑜慌張追問。

「車子爆胎，似乎是壓到尖銳的物品，但他的傷沒有很嚴重，只不過有些腦震盪。」

「什麼時候發生的事？」

「前天早上。」對方嘆了口氣。

「在哪間醫院？我可以去看他嗎？」她擔心詢問。

「庭瑜，我不曉得為什麼最近你們又開始聯絡了。維仁因為七年前的事一直很自責，覺得妳出事是自己的錯。我當然也很心疼妳，只是妳都要嫁人了，為什麼還要找他呢？我希望妳念在過去的感情，放過他吧。」

「我明白了，許媽媽。抱歉打擾了。」她切斷通話，對許維仁發生的意外感到不安。在這時候，為什麼偏偏許維仁會出事？可能的原因只有一個。

許媽媽說的對，我不能再仰賴維仁了，剩下的事必須靠我自己解決。她下定決心，打了電話給梁啟賢。

「喂，庭瑜，妳找我有什麼事？」手機另一頭傳來梁啟賢的聲音。他的口氣聽起來很愉快，彷彿不知道陳庭瑜發現了自己隱藏的祕密。

「你現在人在哪裡？我有事想跟你談。」她穩住情緒問道。

「我在新家，我也正想找妳。我沒鎖門，妳過來就直接上樓吧。」

他們結束談話，她望向手機螢幕上梁啟賢的照片，不明白此刻對方想找自己是什麼用意。

她將手機通訊錄翻到許維仁的畫面，然而遲疑了幾秒又關掉。她已經不能再仰賴前男友了，更何況對方現在住院，怎麼好意思再麻煩他？最後她只傳了訊息給她的爸媽，隨即起身搭計程車前往新家。

「小姐，請問要上哪兒去？」計程車司機在她上車後詢問。

她從皮包裡取出先前抄下的地址交給司機。她望向車窗外的景色，心中七上八下。

她塞在皮包裡的簡報資料停留在薔薇飯店的歷史調查那一頁，上頭寫著：「薔薇飯店本來是由其他業者經營，但其最為稱道的宴會餐飲竟爆發出使用過期食材、原料，同時涉嫌使用非法化學添加物，因此被處以高額罰款，加上醜聞爆出後經營連月赤字，面臨法拍的命運。被我司併購重整後曾創下一年10億的利潤，由我司經營進入第二十一個年頭，但近年來因所處環境老舊退化，附近商場遷移、關閉等影響，利潤連年下滑。諸於種種因素，判定應予以競標出售……」

她可以完美地指證出梁啟賢靠近自己的動機，然而卻沒有任何完整的證據可以指稱梁啟賢在七年前可能涉及綁架案，所以無法向警察請求協助。她出來得太過匆忙，除了皮包裡一支美工刀外，沒有任何可以防身的用具。

她翻找皮包，握著手中的美工刀，面有難色。如果梁啟賢真的攻擊自己，她能對對方下手嗎？即便明白梁啟賢的身世，知道他的企圖，但她還是無法輕易忘記自己對他的愛。她低頭嘆氣，瞥見包包裡還放了一樣東西，瞬間靈光一閃。

她起身靠向司機，拍拍他的肩膀說：「司機大哥，麻煩等一下在對面的超商前停一下車。」

陳庭瑜買好東西回到計程車上，計程車司機親切提醒道：「小姐，剛才妳的手機響了。」

她想起剛才只帶了錢包出去沒拿手機，打開手機看是許維仁來電。她猶豫了幾秒決定不要再讓許維仁涉入這件事。或許打從一開始，不管七年前他們是否有過爭執，那件綁架事件依舊還是會發生，因為梁啟賢早就設計好了。

許維仁躺在醫院裡，護理師端了餐點放在他桌上後離去。他母親有事已經先回家，此時房間裡只有他一人。他拿起手機又撥了電話給陳庭瑜，但依舊沒接通。他車禍進醫院後接連做了不少檢查，回來時查看手機，發現有一通接通過的來電，來電者是陳庭瑜，但那時他人並不在病房，他便猜到是他母親代接了。

他此刻十分不安，因為當他從昏迷中剛清醒時，來了一位訪客。當時他母親也在，但他極力要求母親讓他們單獨談話。

在他們私下交談時，那人面露微笑對著他說：「這是我們第三次見面了吧。」

「梁啟賢，你找我有什麼事？」他瞪著對方，坐起身保持警戒狀態。特地來訪問他的人正是梁啟賢。

「你何必這麼緊張，這裡是醫院，出事很快就可以進急診室不是嗎？」梁啟賢露出別有意味的微笑。

「果然我車子爆胎跟你有關，是嗎？」

「但我聽說了，警方說是意外。你該慶幸爆胎的位置在後輪胎，要是是前輪，後果不堪設想。你該感謝上蒼對你仁慈。」

「你想說什麼，說完就給我滾。」

「我為什麼會來找你，原因你應該明白。七年前你第一次遇到我的時候，說過了什麼，我相信你應該沒有忘記吧？」

許維仁盯著他看，默不吭聲。

「你認為自己比我有資格站在陳庭瑜的身旁嗎？」梁啟賢又問。

「我承認我確實對不起她，但你呢？你不就是為了她家的財產才靠近她。」

梁啟賢面露慍色，太陽穴浮出青筋，怒視著許維仁說：「我靠近她，從來不是為了她家的錢。七年前真正導致綁架事件的人是你，如果你當初沒對我說那些話，我根本不會採取行動，因為你，我明白我才是最適合站在她身旁的人。」

「你究竟想做什麼？如果你這些話被庭瑜知道，你想她還會願意跟你結婚嗎？」許維仁悄悄將手機藏在棉被旁，他沒料到能有機會錄下梁啟賢的口供。

「你大可跟她說，但想想你說過的話，你有這個資格指控我嗎？」

「我沒資格讓她回到我身邊，可是我不能讓她嫁給你這個沒心肝的野獸。」

「隨便你說，我只是來告誡你不要再接近她。」他轉身準備離開，手搭在門把上，回頭撂下一句話，「不過婚禮你想來的話，我還是歡迎。」

他笑著離開病房。

許維仁回過神，打開手機，當時留下的錄音檔還在。他快轉按下播放鍵，梁啟賢說過的話再次傳入耳中——

「七年前你第一次遇到我的時候，說過了什麼，我相信你應該沒有忘記吧？」

他聽著停止播放，忍不住氣憤地拍打床墊。

「我怎麼會知道一時的氣話要付出這麼大的代價。」他不禁對自己發怒，再次撥打電話給陳庭瑜。

#

陳庭瑜搭乘計程車抵達目的地，提著袋子走下車。她打開房門，門確實沒上鎖，一樓車庫停著梁啟賢的車，她不安地抿起嘴打開通往二樓的門，裝潢後地面還留有木屑和粉末。

她小心翼翼爬上二樓，樓上沒有開燈，迎面可見黃橙色的燭光，梁啟賢站在他們新購置的餐桌旁，對她微笑。餐桌上放了一些較為清淡的菜餚，菜香傳過來，但她一點胃口也沒有。

「妳來了，我正想給妳一個驚喜，家具都已經送到了。」梁啟賢面露微笑。

二樓地板已經被洗刷過，反射著燭光。

她左右環視四周，確實家具都已經排放好，全新包覆著塑膠套的沙發、茶几、電視櫃……那些都是他們一起挑選好的。

「妳喜歡嗎？」他靠向她，親吻她的臉頰。

「太好了，我就猜到你會準備晚餐。」她擠出微笑，輕推他的肩轉身走向廚房。

她將在路上買好的東西拿出來——一瓶紅酒，此刻梁啟賢擺設好了燭光晚餐，沒有什麼比這更好的巧合。

她保持冷靜，取出高腳杯，這裡每一個餐具都有他們回憶的影子。她將憂鬱的表情收起，重整笑容，打開酒倒進杯子裡。

「妳準備酒了？」梁啟賢突然出現在她身後，用雙手抱住她，害她嚇了一跳。

「我發現妳最近很容易受驚嚇。」他親吻她的脖子，動作十分親暱。

「大概是婚禮的事，讓我壓力有點大。」她感覺自己微笑的嘴角因不安而顫抖。她轉過身將酒杯搖了搖，使酒香散出。

「這杯給你。餐前喝點酒吧。」她將酒杯端給梁啟賢，並端起另一手上的酒杯靠向唇邊。

「妳胃腸不好，還是少喝點酒好。」他從她手中奪走酒杯，自己則喝了一口。

她微笑，走向餐桌前坐下。

「這些菜全是你準備的？」

「當然。」他露出滿意的微笑。

「你想像過我們的未來會是什麼模樣嗎？」她深吸了一口氣問。她來此不是為了問這個問題，但她就是想知道自己在他的計畫裡是什麼角色？

「我們會住進這裡，家裡可能會養一條狗。假日早晨我會負責起床把妳叫醒，一起做早餐、一起散步，晚上看著電影，妳會靠在我的肩上睡著，而我會把妳抱進房間裡。」他手撐著下巴，看著她面露微笑喝了口酒。

「你這麼會煮飯，是因為你父親以前經營餐廳嗎？」她在「餐廳」那兩個字加強了語氣。

「多少有影響。」他聳肩。

「你父親餐廳經營失敗，發生了什麼事？」

他臉色變得沉重，又喝了口酒說：「當時有不肖的競爭對手惡意栽贓，所以才會導致經營失利。」

你恨那些傷害你家人的人嗎？她本來想這麼問，但卻改口說：「你有想過，如果那件事沒發生，你現在會不會過得更快樂？你想念你的母親嗎？」

「妳想知道我過去的生活？」他的微笑變得僵硬。

她深呼吸說：「我想知道在二十一年前，你父親破產後，你們一家、你究竟發生了什麼事？」

「妳確定想要知道那些事？」他的表情明顯已經明白她早已發現隱藏多年的祕密。

「既然要結婚了，有些事不能再逃避。今天就把一切說開吧。你父親是薔薇飯店的創建者，而我父親併購了你家的飯店，所以你現在想把飯店奪回去。為了實現這個目的，你才會在七年前刻意接近我。」

「果然沒有什麼事能瞞過妳嗎？」他搔搔太陽穴，「雖然我不曉得妳是從哪裡得知這個消息，但妳說的不完全是事實。我父親被惡意栽贓、導致經營失敗破產的罪魁禍首是妳的父親。」他瞠目而視，見她一臉驚恐深吸了一口氣，輕聲說：「不過我在瑞士遇見妳完全是巧合。」

「巧合？你刻意接近許維仁，從他的話中得知我的存在，然後刻意出現在盧森的山上把我救出來嗎？你接近我、傷害我，難道不是為了向我父親報仇？」她蹙眉，表情沉重逼問。

他沉默不語。

「你沒有完成實習，也沒趕回去參加碩士的畢業口試，但卻恰好撞見我被綁架？你說過你當時是在月台目睹我被綁架，接著開車尾隨綁架犯才找到我，但我被綁架的地點是在火車站。他們其中一人押著我，另一人負責開車，我被綁架上車根本沒花上多少時間，要不是他們等你，你怎麼來得及追上他們？」

他蹙眉凝視著她：「我曾經想過各種我們相遇的方式，這或許是最糟的一個。」

「所以你承認七年前的綁架案跟你有關？你是共犯嗎？」

他點頭，又喝了一口紅酒。

「我當時很害怕，你的出現對我來說有多重要，你是不會明白被最信任的人背叛是什麼感覺。」她發覺自己在流淚，淚水劃過雙頰。

他看著她，面露心疼。

「別做出那種表情，我知道你比任何人都還會演戲。」她用食指指著他，表情沉痛。

「既然知道我是七年前綁架案的共犯了，妳還有什麼問題想知道答案？」他起身靠向她，腳步有些遲緩蹣跚，馬上曉得陳庭瑜是有備而來的，她在酒裡放了當時在瑞士他給她喝下的鎮定劑。她望著他靠近的同時，手已經悄悄伸向口袋。

他瞧見她口袋邊緣閃現的光芒，露出失落的表情。

「我想知道的是，你在這七年間究竟有沒有愛過我？」她啜泣道。在她來這裡之前，心裡有很多問題想問，然而得知對方是別有目的靠近自己之後，不管梁啟賢是怎麼設下綁架的陷阱、怎麼讓自己陷入圈套，這些問題已經都不重要了。

「我愛妳，從頭到尾都是真心的。我失去母親、家庭支離破碎後，一直找不到生活的目標，遇上妳，我才感覺被人需要，找到自己存在的意義。這點我沒有說謊。」他心疼地抹去她臉上的淚水，伸出雙手抱住她。

她望著他，愛與恐懼同時油然而生，不禁感到迷惘。究竟自己無法伸手推開他是因為恐懼還是愛，現在她已經分辨不出來了。

「事到如今，你要我怎麼相信你？」她閉上雙眼痛哭，握在手中的美工刀傳來冰涼的寒氣。

「我想知道，明白了這些事，妳還愛我嗎？」他望著她問。

她停頓半晌，淚水止不住地自臉頰滑落，哽咽道：「就是因為愛你，所以我把所有的不合理都當作是巧合了。」

「老實說，我並不希望這些事被發現，我多麼希望我們能假裝彼此的相遇就像是命運的安排。如果許維仁沒有靠近妳、妳沒有察覺那些事，那麼今天妳就不必受傷了。」

她聽著他的話，對方的口氣又輕又緩，想必是鎮定劑產生效果了，然而這時她卻感覺到細如鐵絲般的寒意劃過脖子，緊急之下，她抽出口袋裡的美工刀往前一刺。

梁啟賢睜大眼睛看她，但是身體已經因鎮定劑的藥效無法快速反應，刀深深刺進他的肉裡，在白色的襯衫上映出不斷向外綻放的紅薔薇。

她望著他倒在地上，心瞬間像是被撕裂一般，跪在他身旁哭泣。

「如果妳選擇不要愛我了，現在就離開。」他望著她哭泣的臉，眼角落下眼淚。

「我到底做了什麼？」她慌張衝向皮包，拿起手機打電話叫救護車。

「保持清醒，我拜託你，保持清醒。」她哭著用手帕幫他止血，另一手緊握著他的手，這時她赫然發現剛才脖子感覺到的寒氣是什麼，是一條懸掛著鑰匙的項鍊——那是他特別替她打好的新屋鑰匙。

「撐住！我拜託你，不要離開我。」她緊抱著他，大聲哭喊。

#

當梁啟賢醒來時，他第一眼看見的是白色天花板，消毒水的味道充斥鼻腔，他感覺腦袋還有些昏沉。他試圖回想昏迷前究竟發生了什麼事，腦海瞬間浮現陳庭瑜雙手沾滿血，抱著自己痛哭的影像。

病房外護理師進來準備替他換點滴，一見到他醒了慌張找來醫生幫他做檢查。他從醫生口中得知自己橫膈膜下方的位置被刺了一刀，大量失血，經過醫生急診搶救下恢復穩定，昏睡了三天才醒來。

「我……我的未婚妻呢？」這是他開口第一句話。

「你急救時，她一度昏倒，我們幫她打過點滴，本來她堅持要留在這裡，但昨天她父親還是硬把她帶回家了。」

他聽見醫生的回答不自覺露出微笑，發出得意的笑聲。醫生和護理師看見他這般怪異的反應，不由得互看了一眼。

這時外頭傳來敲門聲，兩名警察走進病房裡。

「醫生，我們可以請教被害人問題了嗎？」

「可是他才剛好。」醫生皺眉回答。

「沒關係，我覺得我好多了。請問你們要問我什麼？」他露出親切的微笑坐起身望向兩名警察。

其中一名警察掏出公事包裡的夾鏈袋，擺在他眼前，夾鏈袋內放著一把沾血的美工刀。警察問道：「請問這是你未婚妻企圖殺害你的兇器嗎？」

#

陳庭瑜躺在自家房間的床上，腦袋一片空白。她從醫院回來後一直是這樣恍神的狀態，她母親替她煮了些稀飯，但她沒什麼胃口。她母親對於梁啟賢送急診的原因深感困惑，那日他們趕去醫院時，女兒早就被抓到另一處的病房打點滴，而她的身上沾染著鮮血。

母親試著問她發生什麼事，但她只是搖頭不語，沒人問出答案。反之她的父親陳國政卻十分鎮靜，對於當天的情形一句話也沒問。警方顧及她的身體狀況暫且沒有要求她做筆錄。

房門外傳來敲門聲，陳國政走了進來。

「庭瑜，妳好多了嗎？」他走到床邊坐下。

「你早就知道是我刺傷梁啟賢的，對吧？」她冷淡回應。

他沉默點頭。

「你知道了他的身分卻沒有告訴我，你決定讓我就這麼嫁過去？」

「我也是最近才知道他過去發生了什麼事，我不說是因為擔心妳會受傷。」

「知道這些真相，我已經不可能再嫁給他了。」她搖了搖頭。

「但妳愛他，不是嗎？」陳國政表情慌張。

「這些已經不重要了。」她緩緩爬起身，「因為你隱瞞這些事，我已經成了殺人犯。」

「梁啟賢不可能讓妳進監獄。」

「這也是你們交易的條件嗎？」她冷笑。

陳國政試圖要說些什麼，但此時他的妻子開門進房，打斷交談。

「庭瑜，醫生來電說啟賢已經醒來了。」母親手上還拿著電話。

她聽到消息，趕緊準備換衣服，急著要去見他。

「女兒啊，妳身體還很虛弱，晚點再去也不遲。」陳國政勸說。

「我要換衣服了，你還要待在這裡嗎？」她態度強硬，將父親趕出房外。

陳國政拿女兒沒辦法，最後還是開車送她到醫院。

抵達醫院時，她也沒等父親停好車，已經匆忙趕下車往梁啟賢的病房前進。當她打開梁啟賢病房的門時，卻只看到空蕩蕩的病床。

「他人呢？」她轉身抓了一名經過的護理師詢問，那名護理師恰巧是負責梁啟賢病房的人，跟她說明梁啟賢申請轉院，已經不在這裡。

「轉院？那他去了哪裡？」

「他不願意我們透漏此事。」

「但我是他未婚妻。」她心虛地說著，此刻他們的婚約是否還有效，她內心感到茫然。

「梁先生囑咐過不得透漏給任何人。」護理師面有難色，隨後拿出一封信，「這是梁先生要我轉交給妳的。」

護理師說完便離去。

她呆愣愣地盯著手上的信，突然手機傳來震動，她跑到樓梯口接起電話。

「請問是陳庭瑜小姐嗎？這裡是警察局新店分局，麻煩您過來一趟，我們需要您做筆錄。」

她坐著父親的車前往警局，一想到自己下半輩子得在監獄度過，胃部又不禁一陣翻攪，開始犯噁心。

「陳小姐，妳還好吧？」警察見她臉色鐵青，親切詢問。

「我沒事。」她搖搖頭。

他們帶她到警局裡的偵查室，而她父親留在外頭等候。

「陳小姐，關於妳未婚夫梁啟賢受傷的事，我們已先和他本人做過了筆錄。根據以下問題，請妳據實回答。」

她點頭同意。

「這把刀是不是妳的？」警察拿出當時陳庭瑜使用的那把美工刀，上面沾染著乾涸的血液。

「對。」

「妳用這把刀刺入了梁啟賢的胸口，對嗎？」

「是。」她深吸一口氣承認。

「那麼這些藥丸呢？是從哪裡來的？」

「是他給我的，而我一直帶在身上。」

「當晚紅酒是妳帶的嗎？」

「是，是我拿來的。」

「妳有喝嗎？」

「沒有，他阻止我喝。」

「你們當天所在的地點是新裝潢的房子，對吧？我看到現場很多家具還套著封套。」

「沒錯，是那週剛運來的。」

警察低頭記錄內容，再次抬起頭，表情嚴肅問道：「方便請教一個比較私人的問題嗎？妳七年前是不是遭遇過綁架案？」

她長嘆一聲點了點頭。

「當時綁匪是不是掐了妳的脖子，像這樣？」警察說著伸出一隻手輕觸她的脖子，她馬上嚇得推開對方。

「好了，我明白狀況了。」警察態度十分鎮定，繼續低下頭做筆錄。

「謝謝妳的配合，妳可以回去了。」警察說著，望向外頭的女同事。

「我可以回去了？」她茫然重複他的話。

警察沒回應，而他的同事已經走向她，將她帶出房外。

「陳小姐，這個交還給妳。」女警拿出一封白色信封袋交給她。她接過信封，感覺信封裡的東西在滑動，打開來看是染血的鑰匙，上頭還有鍊子。

「因為案子已經結案，所以還給妳。」女警補充道。

她一愣一愣地跟著父親離開警局。

「學長，為什麼最後她可以無罪釋放？」女警在他們離開後，忍不住問。

「她的未婚夫和醫生都作證了，她因為過去被綁架的經驗，所以情緒狀況不穩定。這情況當然歸在非公訴罪的普通傷害就好，不需要鬧大。」

「那酒裡的藥呢？」

「她未婚夫說了，那藥是他給她未婚妻鎮定情緒的。但是她的身體狀況不能喝酒，而未婚夫拿錯酒杯，拿到她的。」

「但美工刀要怎麼解釋？那是她一開始就準備好的吧。」她忍不住繼續追問。

「現場不是有很多未拆封的家具嗎？她未婚夫已證實當天是要準備拆封家具，所以才會在新家慶祝。」對方開始皺眉，對她不停詢問感到煩躁。

「但是……」

「妳別再問了。傷者都說對方不是故意的，妳也是女孩子，怎麼不同情一下人家的狀況呢？真是的。」

聽到前輩這麼說，女警也不再過問了。

5-2

陳庭瑜離開警局，帶著滿腹困惑回到家，洗手更衣後才想起梁啟賢寫給她的信。

她躺在床上打開信，信上確實是梁啟賢的筆跡，他沒有寫上太多內容，上頭寫著：

「庭瑜，我曉得當妳知道我涉入了七年前妳遭遇的綁架案，心裡有多麼難過。也因為那次事件，一開始我並不願意和妳交往，甚至避免有過多的接觸，但我最終還是被妳吸引了。妳讓我知道我也可以是被人需要的存在，在妳身上我找到存在的理由。

妳或許不會相信過去我對妳說的任何話語，但請務必相信我是真的愛妳。如果妳還愛我、願意見我，星期天晚上在新家見面。妳如果沒出現，我會消失在妳眼前，不會再妨礙妳的生活。」

「知道了那些事，我怎麼可能還去見他？」她盯著信，目光停留在「我是真的愛妳」那幾個字上。

晚上，她母親到房間叫她起床吃飯。見她躺在床上一動也不動，硬是將她拉起身。

「我不知道你們之間到底發生了什麼事，但先前不是妳吵著說要跟他結婚嗎？現在卻成天像屍體一樣躺著不動，不吃飯也不上班，妳這樣會把自己活活餓死。」

「不結婚了啦。」她煩躁地頂嘴。

「啟賢不是已經好了？有什麼誤會就講清楚，他也沒怪妳，不是嗎？」

她聽了母親的話低下頭。梁啟賢確實大可在警察面前供稱是她蓄意謀殺自己，然而事後，她沒接受任何刑罰，依舊是自由身。

「好了，別老是任性。吳醫生也很擔心妳，我已經幫妳約診了，明天下午讓她幫妳檢查看看是不是胃哪裡又出狀況。」母親摸摸她的頭，「妳聽話去看醫生，不然媽看妳這樣心裡也很難受。」

「好，我明白了。」她看著母親點點頭答應。

隔天下午，陳庭瑜依約到吳醫生的診所看診。

「妳好久沒來了，我正擔心妳呢。」吳醫生見她進來診療室，露出親切的笑容。陳庭瑜只是微笑，沒心情回應。畢竟這些日子實在發生了太多事。

「我聽妳母親說了，妳未婚夫還好嗎？」對方又問。

「他……沒事。」她遮住左手上的鑽戒回答。即使她認定和梁啟賢的婚禮是辦不成了，但仍習慣將戒指戴上。

「人生什麼意外都有，妳就別多想了。」吳醫生拿起聽診器替她聽診，「妳現在身體狀況如何？」

「和以前一樣，胃口很差，幾乎吃不下東西，常常會反嘔想吐。」

「這樣的情況很頻繁嗎？」

「似乎比以前嚴重。」她一臉憔悴地回答。

「這樣不好喔，妳應該多照顧自己的身體，身體健康幸福才不會跑掉。」吳醫生拍拍她的肩膀，轉頭看向護理師，「麻煩幫她打個點滴。」

「我幫妳開些藥，妳打過點滴後就可以拿藥回家了。」吳醫生親切一笑，目送她離去。

護理師帶她到診療室旁的小房間，讓她躺下打點滴。護理師將針頭刺進她的皮膚裡，要是過去她肯定會痛得緊握拳頭，但這次卻覺得自己的身體毫無知覺。

她仰頭看著點滴一點一點減少，腦海中回憶起和梁啟賢正式交往的過往——

那天是冬天，兩人一起併肩走在路上，兩隻手時不時不經意地磨擦。

她很喜歡像這樣兩人享受著夜晚的寧靜，忍不住偷瞄對方的臉，當彼此對上眼時，他會對她露出微笑。

這是他們認識的第一百天，在這之前兩個月的時間，她每天下班都會跑去見他，這變成她每天最期待的事。

「妳家到了，回家好好休息吧。」他停下腳步，露出溫暖的笑容拍拍她的肩膀。

她一臉茫然望向家門口，心想這第一百天就這麼結束了，心中不免感到依依不捨。她在他轉身時，拉住他的手。

「怎麼了？」他回頭望著她的臉微笑。

「我果然還是很喜歡你，你呢？」她面露青澀詢問。

「我在這麼冷的晚上，每天下班拖著疲累的身軀陪妳在路上閒晃，妳覺得我何必這麼做？」他難得露出淘氣的笑容。

她對這模糊的回答感到不滿，緊握著他的手問：「那你願意以後每天也像這樣陪我在路上閒逛嗎？」

「什麼意思？」從他的表情看來明明知道她想問的是什麼，但是卻刻意裝作不明白的模樣。

「你真的很狡猾，什麼都要我先開口。」她忍不住抱怨，「我是想問你，願、願不願意跟我交往？」

他見她雙頰羞紅，不禁笑出聲。

她放開他的手，露出一臉受傷的表情。她好不容易鼓起勇氣，但是對方卻在她如此認真告白時笑了，不禁感到羞惱。

「算了，就當我沒說。」她氣惱地忍住淚水，轉身要走進家裡時，這次卻是梁啟賢拉住她的手。

她被這麼用力一拉，撲進他胸前。他抱住她，低下頭撐起她的下巴，吻上雙唇。

她頓時臉頰發燙，說不出話。

「是我第一個主動抱妳，也是我第一個主動吻妳。這樣扯平了吧。」他對她得意一笑。

「所以我們現在算是交往了嗎？」她一臉羞赧地別過頭問。

「只要妳不會後悔，我就答應和妳交往。」

她猛力點頭，伸出雙手回抱住他。

「我現在會後悔嗎？」她從回憶中回神，此時點滴已經到了盡頭。

護理師走進病房裡，幫她將點滴拆下。

她坐起身，打過點滴後，身體舒服不少。

「謝謝。」她向護理師道謝，穿上外套準備離開時，護理師又叫住她。

「陳小姐，吳醫生要我拿這個給妳。妳準備好後再來櫃檯找我。」護理師拿了一樣東西放在她手中，親切一笑後離去。

她低頭盯著手中的東西面露苦色。

#

陳庭瑜坐在書桌前，盯著桌上的桌曆，今天就是和梁啟賢約定的日期。她拉開抽屜，裡面放著一封牛皮紙袋，上頭信封袋字樣寫著「外交部領事事務局」幾個字。信件是昨天寄來的，她從未開封，也不想打開。

這時手機鈴聲響起，她接起電話，另一頭傳來許維仁的聲音。

「庭瑜，妳好幾天沒接我電話了，發生什麼事？妳還好嗎？」

「我很好。」她抹去眼角的淚水。

「徵信社幫妳查出關於梁啟賢父親的事，還有他曾經做過的好事，有這些證據只要妳出面作證，他過去犯的罪就會被揭穿了。」

「對我來說，這些事已經不重要。」

「他讓妳痛苦這麼久，怎麼會不重要？我們找個時間見面，我也有其他事想跟妳說清楚。」

「我沒有時間。」

「妳到底是怎麼了？」他感覺到她的反應十分冷漠，語氣開始不安。

「我已經知道那些事了，沒什麼好談。」

「妳知道了？」

她邊點頭邊回答：「對，所以我們沒必要再見面了。我很感激你一直幫我，也很抱歉因為我害你受傷，但是就到此為止吧。關於梁啟賢的事，你也不要再追究了，好好過你自己的生活。」她說著結束通話，並將許維仁的通訊資料從手機裡刪除。

她望了一眼手機上的時間，換上外出服，拿出外交部給她的資料，眼角瞥向桌上的美工刀，但沒有拿便走下樓。

她走進父親三樓的書房，打開碎紙機，將信封拆開，連看也不看，分批扔進碎紙機裡。

她父親恰好回書房見到她準備出門，面露驚喜。

「妳總算願意出門走動了？」

她面無表情沒回話，拎著皮包走出門開車前往新家。

陳庭瑜把車停在新家外，從皮包裡拿出白色信封袋，信封袋裡的鑰匙上還殘留梁啟賢的血漬，她拿回鑰匙後一直沒清洗，現在握在手中不禁起雞皮疙瘩。

鑰匙插入鑰匙孔轉開，發出喀啦一聲。她握著把手，感覺把手傳來金屬冰涼的溫度。

她戰戰兢兢走上二樓，只見梁啟賢蹲在地上擦拭地板，他的手上染上了紅印。他此時擦拭的正是當時陳庭瑜刺傷自己時，從他身上流出的鮮血。現在血早就乾涸了，呈現嚇人的褐色。

「妳來了。」他微笑看著她。

「你別擦了，我來吧。」她愧疚地走向前跪下，拿過抹布。

「不好，以妳身體的狀況還是別做這些事。」他抓起她的手臂，帶她到沙發上坐下。

她呆望著他把血漬擦拭乾淨，室內還可以聞到血腥味。望著未婚夫擦拭自己刺傷對方時所留下來的血跡，眼前這幅景象使她感覺相當詭異。

「我很高興妳來了。」他把手洗乾淨，在她對面坐下。

「你要我來是想說什麼？」她望著他，臉上滿是憂愁。

「我給妳的信，妳應該看過了。妳來是因為對我還有感情嗎？」

她沉默不語。

「我愛妳，所以想把七年前發生的事跟妳坦白。」他伸手握住她的手，她把手抽離，別過臉不看他。

「七年前我從德國到瑞士首都伯恩實習，在我休假的時候碰巧遇到許維仁，當時我和他正好都在速食餐廳裡用餐。我在異鄉待久了，聽到他在跟人說電話，口音很熟悉所以才上前交談。我問他是不是背包客獨自旅行，他說不是，他是跟女朋友來的，但是因為吵架所以兩人現在分開行動。我問他和女朋友吵架的原因，聊著聊著，他不小心透漏了妳的背景，他說妳是知名飯店集團的女兒。當時我猜想該不會妳就是陳國政的獨生女，但是這件事還無從確認。

而我從瑞士的同事口中得知，在當地有一些移民常常鎖定單獨行動的女子下手，特別是針對外國女性，因此我才會擔心妳的安危。」

「我是害你家破產、母親生重病的人生下的女兒，你有必要替我擔心？」她困惑地盯著他看。

「這件事我現在也難以解釋，或許是對妳感到好奇，想知道仇人的女兒究竟過著怎樣的生活？更何況，我們本該是同樣背景的人，現在卻命運迴異。我承認我跟蹤了你們，甚至刻意和你們住在同一間旅館，為了可以近距離觀察妳。

我提前結束實習，租車跟著你們到盧森，在房間裡聽到你們吵架爭執。我為了有機會接近妳，因此當許維仁在酒吧和人聊天時，我刻意叫了女服務生搭訕他，希望藉機向妳搭話，沒料到妳會氣憤離去。我曉得那些不法事件在觀光區特別容易發生，所以當你們又因吵架分開行動時，我跟蹤在妳身後。妳被綁走的時候，我趕上前刻意和那些綁匪交涉，表示我有意願和他們交易，先給了他們一筆錢，表示交易完成會再給他們更多，所以他們才願意等我開車一起上山。若不是我刻意將妳和許維仁支開，我想妳也不會遭遇綁架，這一切都是我的錯。」

「你說的都是實話？」她轉頭望向他。

「對。我不寄望妳相信過去的事，但希望妳明白我是真的愛妳。這手臂上的傷也是他們發現我找了警察來，和我打鬥時給我留下的疤，妳難道忘記了？」他捲起袖子讓她看見手臂上的疤，「一開始妳回到台灣找我，我真的很驚訝，發現妳並不知道我的出身背景，所以我也隱瞞了。我試圖把妳推開，因為如果我們真的在一起了，可能會有很多問題。」

她盯著地面不看他。

他走向前，坐在她身旁，握著她的手。

「當妳問我要不要跟妳交往時，我真的很開心。當時轉變心意願意和妳接近，本來只是因為好奇，後來慢慢被妳吸引，好幾次心想該結束這段感情，可是我捨不得妳，我一度以為這件事可以一直隱瞞，畢竟妳父親也沒認出我。因此我才不希望妳和許維仁見面，又急著回國把婚事辦好，就是擔心有變數。」他伸出手抱住她，她沒有推開他。

「我猶豫了很久，不曉得究竟該不該來。」她靠在他肩上啜泣，「那天我刺傷你，看到你渾身是血，我嚇傻了，怕的不是會接受刑罰，而是擔心你會死掉。我當初就該聽我媽的話，不該跟你交往，這麼一來這些事就不會發生了。」

他聽了長嘆一口氣，握著她的肩膀問：「我求婚當天曾經跟妳說過：『我希望關於我們之間的一切都是妳心甘情願的決定。』如果妳覺得難受，那麼我們可以解除婚約。我再問妳一次，妳還愛我嗎？希望永遠跟我在一起嗎？」

他深情凝視著她。

她回望他的雙眼，表情認真說道：「老實說，我不認為我們應該在一起。但是我還是來了，七年不是一段說放棄就能輕易割捨的時間，我沒有自信可以忘記你，我不想承認，但我還是很愛你。」

「所以妳還想和我在一起嗎？」他捧著她的臉問。

「我試著向外交部請求協助，讓他們幫我調出七年前綁架事件的調查結果，甚至請許維仁幫我調查你的過去。幾天前我拿到資料，但最後我選擇不要知道，反而來到這裡見你。現在我不能只為自己著想，我的年紀也不輕了，我現在不只是一個女人，還是個母親。」她伸手摸向自己的肚子。

「母親？」他面露驚喜。

「我去醫院做了檢查，他們說孩子已經四週大。我沒辦法捨棄這孩子，他是你給我的奇蹟。」

她握住他的手放在自己肚子上。

他靠向前親吻她的額頭，柔聲問：「妳願意讓我照顧妳和孩子嗎？」

「我還能怎麼做？我不想讓孩子沒有父親，也沒有自信能自己照顧這孩子。更何況，我已經沒辦法想像沒有你的日子，就算你說謊我也接受。」

他伸手抹去她臉頰上的眼淚，柔聲回答：「我愛妳這件事絕對不是假的。」他靠向前，深深吻著她的唇，緊抱住她，再次開口：「妳還願意嫁給我嗎？」
　她點頭回抱住他，以動作代替回答。
「我愛妳。」他靠在她耳邊，不斷重複這句話。

第六章、告解

6-1

肅穆典雅的天主教教堂裡，粉色和紅色的玫瑰裝飾在窗邊和教壇，以及下方的木製長椅上。細柔的白紗和米黃色緞帶包覆在花莖上，此時賓客還未入場，神父領著修女，在十一月微寒的秋日早晨，準備替一對新人完成婚姻大事。

修女們滿面笑容，因為今日結婚的新娘是她們熟識的小女孩，如今女孩已經長大。

「這是個奇蹟。」她們說，「雖然和教義相悖，可是是天賜的喜福。」

「醫生說她和一般女性相比，只有十分之一的機會能夠有孩子，但她拿到了那百分之十的幸福了。」

她們滿心喜悅，神父也露出祝福的笑容。

「妳們去幫新娘看看她有什麼需要幫忙的吧，這裡就交給我準備。」神父笑著揮揮手催促。

修女們興奮地走進準備室裡，陳庭瑜坐在梳妝台前，她的父母站在身後，對著鏡中的她微笑。

「看看妳，是多麼美麗。」她們拉起她的手，眼神充滿喜悅。

她微笑摸摸微突的肚子說：「我還帶著一個孩子一起來呢。」

「已經知道性別了嗎？」她們伸手摸摸她的肚子。

「是男孩。」她微笑。她的父母也露出笑容，只不過她的父親卻笑得有些尷尬。

「不管怎樣，妳得到了聖母的保佑，這是世界上最美妙神祕的寶物。」

「小孩誕生後，別忘了讓他來受洗。」

「孩子的父親肯定很高興。」

她們圍繞在她身旁，不停祝賀。

她摸著自己的肚子，目光滿是慈愛，她已經完全脫胎成為一名母親。

外頭神父站在台上，將歪了一邊的紅玫瑰擺正，但不管怎麼擺，玫瑰始終歪向一邊，使他見了不禁皺眉。

「神父，我來吧。」

神父聽見聲音抬頭看，身穿灰色西裝的新郎出現在身旁。梁啟賢將花束的緞帶用力勒緊，邊緣的玫瑰不再向外傾斜。

「太好了，看起來完美多了。」神父微笑望向他，卻見對方仰起頭望著教堂上方的十字架。

「神父，在婚禮進行前，我可以告解嗎？」他緩緩開口。

「告解？當、當然可以。」神父搔搔頭，帶領他走向告解室。

神父坐進告解室裡，隔著前面的網狀窗，他從隙縫可以看見梁啟賢正低著頭。他第一次遇上有人在婚禮當天要求告解，不由得有些吃驚。

「孩子，你說說看有什麼事困擾你，讓你需要向天主告解？」

「神父，我本來並非信仰天主教，這是我第一次告解，就我所知，在這間小房間裡說的事，您有保密的義務，對吧？」

「是，這是我的工作。」

「我有一件事情隱瞞了庭瑜，而我現在要迎娶她為妻。我不曉得這麼做究竟能不能獲得原諒？」

「親愛的孩子，如果你真心懺悔，慈愛的天主必定會饒恕你，給予你心靈的平靜。而我以一位長年看著庭瑜長大的長輩想問你，你是真的愛她嗎？」他終究忍不住問。

「是，這點我不會說謊。」梁啟賢回答得相當肯定。

「好，那可以告訴我，你隱瞞了什麼事，使你感到不安呢？」神父鬆了口氣問。

梁啟賢深呼吸，抬起頭望著神父說：「我想要告解關於十七年前我和庭瑜第一次見面時，我犯下的過錯。」

教堂裡賓客坐在台下，眾人滿帶祝福的笑容，望著台前兩位新人。歡樂的樂聲在婚禮現場響起，每雙眼睛滿心期待。

神父對陳庭瑜露出微笑，但目光迎向梁啟賢時，笑容卻有些僵硬。他深呼吸問：「梁啟賢，以聖母瑪利亞的名義，你願意娶陳庭瑜作為你的合法妻子嗎？」

「我願意。」梁啟賢微笑，緊握著陳庭瑜的手。

「陳庭瑜，以聖母瑪利亞的名義，妳願意嫁給梁啟賢，讓他作為妳的合法丈夫嗎？」

「我願意。」她摸著肚子，望向她的丈夫。

「麻煩兩位交換誓言。」

梁啟賢以深情的目光回望，開口道：「我，梁啟賢，願意讓陳庭瑜作為我的合法妻子，我發誓從今天開始，不論在任何情況，貧窮或富有，健康還是疾病纏身，我將永遠愛妳，永不背棄我的誓言。」

陳庭瑜雙眼帶著笑意回應：「我，陳庭瑜，願意讓梁啟賢作為我的合法丈夫，我發誓從今天開始，不論在任何情況，貧窮或富有，健康還是疾病纏身，我將永遠愛你，永不背棄誓言。」

神父交替看向兩人，微笑說道：「現在我宣布梁啟賢和陳庭瑜正式結為夫妻，現在新郎可以親吻新娘了。」

梁啟賢迫不及待地摟住陳庭瑜的腰，親吻她的雙唇。台下眾人紛紛鼓掌，唯獨陳庭瑜的父親表情流露出些許不安，然而可以確保家族血脈傳承，他也無法再多說什麼。

梁啟賢彎下腰將她抱起，往教堂外走去。賓客紛紛起身跟隨在後，他轉身讓她將手上滿滿的紅玫瑰花束向外拋出。

他們搭上禮車前往婚宴地點。

他把頭靠在她的肚子上，表情洋溢著滿足的笑意。

「妳現在幸福嗎？」

「我很滿足，想要的都有了。」她微笑親吻他的額頭。

#

婚禮結束，人群散去，神父站在教堂的十字架前方，仰望十字架，回想早上梁啟賢也一樣站在這裡，不由得揣想對方當時在思考什麼。

一旁修女走向他，拾起遺落在地上的玫瑰花，玫瑰花香氣依舊，但花瓣略微凋零，邊緣染上褐色。

「您在思考什麼？我看出您今天有些心神不寧。」修女問道。他們共事了十多年，自然發現對方有些反應異常。

「我只是在思考，如果當妳愛的人也是傷害妳最深的人，這件事知道比較幸福還是不知道好？」神父難得面露困惑。

「這要看當事人怎麼看待傷痛，我無法理出答案。愛和傷痛能夠互相抵銷嗎？」

神父聽了拍拍她的肩膀，微笑離開。

6-2

梁啟賢躺在新家臥室裡的床上，陳庭瑜靠在他肩膀上熟睡。這些日子他始終很不放心，擔心兩人無法恢復到原來的關係。

她自從兩人和好那天起，絕口不提過往的事，就好像把過去猜忌和恐懼的記憶全部抽離，專心在照顧肚裡的胎兒。這雖然讓他們之間的相處不再緊張，然而梁啟賢卻對這樣的她感到擔心，害怕她只是強顏歡笑，沒有完全相信自己。

然而如今看著陳庭瑜面帶微笑躺在他的臂彎上，心中的不安總算被釋放。

在婚禮的前幾天，他又去拜訪他的父親。父親沒對他說太多話，和過去一樣沉默。在他得知陳庭瑜來訪過後，他第一次對父親露出微笑，跟他說了「謝謝」。他知道父親不會出賣自己。父親和現在的她一樣對自己感到內疚。

他摟著妻子的肩，微笑看著妻子將手擺在肚子上，他知道這個孩子可以得到幸福的家庭，過去的陰霾似乎已經不算什麼了。他吻著妻子的額頭，下定決心，要將過去拋諸腦後，自從早上和神父告解完的那一刻起，他的罪惡感才第一次得到救贖。

他回憶第一次和陳庭瑜相見的日子。那是在一個夏日午後，當時他才十七歲，偷偷開著父親老舊的轎車，在熟悉的校區徘徊，最後停在校園的轉角處。

他透過右邊的後照鏡，可以瞥見注意學童的交通警示標誌。他舔了乾燥的嘴唇，直盯著轉角。他已經摸透了這裡的節奏，因為他來過好幾回，一旁小學鐘聲響起，間隔不到幾秒鐘學童吵雜的嬉笑聲傳遍校園。

他藉由路邊的反光鏡不停窺視著左方來車，低頭望向手錶。在他低頭時，一輛載運鋼條的貨車停在距離他十多公尺的路邊，司機正在講電話，而把車停下。

他再次抬起頭，眼角瞥見一輛黑色轎車往前行駛，朝著自己慢慢靠近，他趕緊發動引擎，急踩油門，就和他計算的一模一樣，他的車硬生生撞上黑色轎車，然而在他的意料之外，那輛他沒注意到的貨車已經開動，貨車沒來得及閃避，側向追撞因衝擊力橫置路中央的黑色轎車。

梁啟賢的車也受到衝擊力側翻了過來。他的頭猛力撞上方向盤，隨後身體飛撞歪曲的車門，他父親放置在置物箱內的螺絲起子彈出，因反作用力劃傷他的胸口。當他恢復意識時，只聽見驚慌的哭嚎聲，以及路人們慌忙撥打救護車求救的聲音。

那痛苦的哭泣聲使他突然想起母親過世的畫面，當時他在醫院裡也曾發出了類似的哭嚎。

他踢開車門一拐一拐地走出轎車外，哭嚎聲不斷自黑色轎車內傳出，他望向前方嚇人的景象，貨車上的鋼條刺穿後座旁的車窗，刺入轎車內。

他這才明白自己犯下了多麼可怕的事，原本他一心想著要報仇，查出了陳國政寶貝獨生女就讀的小學，抱著同歸於盡的想法，試圖要傷害她，可是聽到她的哭聲，又不禁心軟害怕。他知道他的父母不會樂見自己的兒子變成殺人犯。

當旁觀的路人不敢貿然搭救時，他搶先一步打開另一頭的車門，只見鋼條穿過女孩的側腹部，左邊的大腿血肉模糊。而前方的司機頭撞上方向盤，昏迷不醒。

梁啟賢慌張爬進後座，靠向深受重傷的女孩。他知道她就是陳國政的獨生女——陳庭瑜。

「別哭，聽我的話，保持清醒，一切都會沒事。」他溫柔安撫。

「可是好痛。我會不會死？」女孩的臉因為驚慌而失去血色，制服幾乎被血染。

「噓！放心，妳不會死。」他說著脫下衣服，蓋在女孩受傷的大腿上，幫她止血。

「你說謊，你又不是醫生怎麼知道我不會死？」女孩淚眼汪汪，看不清楚他的臉，但卻把手蓋在他的手上。他感覺這個女孩需要自己。

「我不騙妳，妳不會死。」他好聲安撫，同時安撫自己內心的罪惡感。

「要是我以後不能走路了呢？」

「妳如果不能走了，我就揹妳，代替妳的腳。」他下意識回答。在這女孩面前，他感覺自己不再需要依賴人，而是被人需要的存在。

女孩哭著搖頭，似乎不相信。

他一直按著傷口止血，等到救護人員出現，將女孩帶走，他才悄悄逃跑。

雖然幾日後他仍被捉進警察局，但由於民眾指認是他進行緊急急救判斷有悔意，同時念在他未成年，因此他只在少年感化機構待了三個月就被釋放。基於保護青少年的規範，他們也沒將他的身分透露給被害者家屬。

經過那次事件，梁啟賢重新振作，努力讀書，高中畢業後身兼數職打工賺取學費，同時徹夜讀書考取獎學金。每當他帶著所有積蓄逃避追債的人，或是打工受人欺負，他就會想起那天的車禍，想起那女孩的臉，感到罪惡的同時他選擇努力堅持下去。最後他成功考到獎學金，進入免學費的德國就讀大學，留在當地半工半讀，讀書的同時也努力存錢。

有時他會在夢裡夢見女孩，那女孩隨著年齡長大，他們在路上相遇。他不敢承認他似乎忘不了對方，這樣畸形的感情使他感到困惑。然而這些年他從未見到女孩。

一直到他二十七歲在德國完成大半的碩士學業前往瑞士進行短期實習，畢業口試前夕、實習結束前一天，他在一間速食餐廳裡難得聽見親切的家鄉口音。轉頭看，一名年輕男子坐在一旁的個人席講電話。

他趁對方講完電話後，端起自己的餐點坐到隔壁向對方搭話。

從對方口中得知，那人帶著女友來這裡進行兩人的畢業旅行，但是女朋友因為是有錢人家的大小姐，加上童年曾遭逢車禍，家人對她百般溺愛，所以個性相當任性驕縱，還很喜歡吃醋，導致他的朋友一個個減少，這讓他很困擾。而這次兩人分開行動也是因為女友胡亂發脾氣，讓他受不了。

「你說她是有錢人家的大小姐？」梁啟賢問道。

「對，她爸是商人，擁有好幾家飯店。就像是台版的希爾頓吧。」男子苦笑。

「她以前遇過車禍，很嚴重嗎？是多久以前的事？」他忍不住追問，因為他有預感說不定男子口中抱怨的女友，就是他十年前所遇見的那個女孩。

「聽她說是國小六年級遇上車禍。實際狀況她也不太願意跟我說，總之因為那場車禍，我剛認識她時，她還坐著輪椅上學，後來復健才能正常走路。我跟她是同班同學，所以我知道，不過我所知的也僅此而已。」男子嘆氣，「天曉得出了車禍卻讓她造就出這樣任性的脾氣，如果能的話，真想找人挫挫她的銳氣。」

「挫挫銳氣？什麼意思？」聽到這句話，梁啟賢忍不住胸口燃起怒火。

「有些人不經歷過一些風浪是不會成長的，要是能讓她吃點苦頭，別老是以為自己是哪來的公主，還是金枝玉葉，或許這樣她的臭脾氣也可以收斂了。」對方露出一臉滿不在乎的表情。

「你是認真的嗎？」梁啟賢盯著對方的臉。

「當然，我跟她交往這些年老是在忍耐她，她從來不懂得反省自己，吃點苦對她也有好處。」

「我希望你不要忘記自己剛才說過的話。」梁啟賢拋下這句話就離開了。

他本來不想介入那對情侶的事，但他老覺得心裡不舒坦。當時和男人對話時，對方曾提過下榻的飯店，他偷偷在那家飯店外徘徊，確實見到男子帶著一名外貌姣好美麗的女子。看到對方的瞬間，他有一種心跳停止的錯覺，腦海中閃過當年女孩渾身沾染鮮血的畫面。然而過了十年，他無法完全確定女子究竟是不是當年的女孩。

如果她就是當時的女孩，那我怎麼可以眼睜睜看她和那種男人在一起？他心想，忍不住提前結束實習租了一台車，跟隨他們。他記下了當天在速食餐廳裡男子說過的旅行計劃，所以知道他們接下來的行程。

抵達盧森，他尾隨兩人走進下榻的飯店。當兩人完成入住手續後，間隔幾分鐘，他上前對櫃檯人員說：「剛才那兩個華人是我的朋友，我們約在這裡碰頭，可以幫我安排他們附近的房間嗎？」櫃檯人員聽了他的要求，也沒多想，幫他安排在兩人的房間隔壁。

他在房間裡時不時聽見兩人爭執，他覺得女子不應該和那男人在一起。他認為那人不瞭解她，她有傷痛，讓她感到自卑，所以才會容易忌妒。對他來說，她就像一朵帶刺的玫瑰，用刺保護自己。

在盧森的第二天早晨，男子單獨出現在飯店大廳。梁啟賢沒見到女子，心下覺得不安。他看見男子單獨走進大廳旁的酒吧裡，過了十多分鐘女子才出現，她跟男子說想出門去觀光，但是男子此時正在跟一旁的外國女性聊天，要她再多等一會兒。梁啟賢見了偷偷拉了酒吧裡的女服務生，塞了一些小費，要請她過去和男子聊天。他的目的是想將兩人分開，而他的計畫也成功了。

男子似乎是個很愛交朋友的人，很快就又把女友晾在一旁。女子看對方和女服務生有說有笑，氣憤地自己跑出酒吧外，她寫了張紙條交給櫃檯要他們轉交給男友。梁啟賢見了間隔約五分鐘又上前，走向櫃檯問說自己的女友是否留了一張紙條？他說了房號，加上同為亞洲人，櫃檯人員自然不疑有他，將紙條交出去。

他接過紙條，上頭寫了女子出門的目的地是附近車站的商店街。他擔心女子獨自一人會有危險，於是趕緊向櫃檯問了路，快步開車前往。他在路上見到女子出現在車站，似乎是在逛站內的紀念品店，趕緊停好車，試圖和她接近，如此一來他便能確認對方究竟是不是自己想找的人。

他停好車下車後，走過月台瞥見站內角落兩名穿著邋遢的男子正在角落竊竊私語，他們看見女子走出店外，她身上的名牌包和名牌上衣吸引他們的目光。他感覺不對勁，悄悄觀察。而在下一秒，他就目睹女子被兩人摀住口鼻、抱住身體。其中一人負責箝制住女子躲進陰影處，而另一人則趕緊衝去開車。

他知道後來會發生什麼事，跑到車子旁和對方交涉。

對方一開始以為他是女子的熟人，對他態度存疑。他轉念拿出鈔票開口說他想要交易，假裝是嫖客。對方看到錢自然欣喜接受，他們約好了會合方式。

梁啟賢開車在集合地點出現，尾隨他們上山。一路上他無法確定那兩名綁匪要把車開往哪裡，待他們上山後他才趕緊撥打電話報警，從車子的衛星定位告知地點。

綁匪停車，他看見女子被拖進山上的小木屋。他站在外頭躊躇，思考該如何應對，他拿了車上的瑞士刀塞在口袋裡，下車上前輕敲木屋的門。

對方開門看見是他自然大方放他進入，他看見女子衣衫不整、手腳被捆綁的模樣，此時那兩名男子正站在後頭，他心想應該等警察出現比較妥當。但那兩名男人見他毫無反應，開始竊竊私語，為了獲取他們的信任，他上前將身體覆蓋在女子身上將她的上衣撕開，吻了她被掐紅的脖子和胸口。女子的嘴因為被塞入了抹布無法求救，眼角不停流淚。

他本來不想做出更多傷害她的行為，只須讓那兩名彪形大漢相信他不過是個沒心肝的嫖客就好，然而當年車禍的景象閃現腦海，他靈光一閃，將女子的褲子用力扯下。他瞥見她左大腿根部有一塊露出一半的疤，他見了不禁面露欣喜，心想這道疤就是當年車禍留下的痕跡，是他烙印在女孩身上的疤。他突然失去理智，忘記自己在做什麼，他需要更多明確的證據，於是他不顧女子驚恐的悶泣聲，將對方的內褲往下拉，那道疤完整出現在他的眼前。見到這道疤，說明了女子就是他要找的女孩——陳庭瑜。

在他歡喜重逢的瞬間，外頭傳來警笛聲。那幾名男人面露吃驚，瞪著他看。他明白事情不妙，那兩名綁匪怒罵，掏出小刀逼問他是不是臥底？他拿出瑞士刀護身，但還是被劃傷了手臂，隨後警察出現，將綁匪壓制在地。

他脫下外套，覆蓋在她的身上。

警察上前盤問，他說明報警的人是自己。警察忙著調查現場，他解開陳庭瑜手腳上的麻繩和眼罩，他感覺她在顫抖，不禁將她抱在懷裡安慰。

那兩名被制伏的綁匪宣稱梁啟賢是共犯，對著他大罵。兩名記者在十分鐘後出現，他們聽到綁匪的話，向前詢問警察，警察還未明白狀況，不敢貿然回答，只說了有三名嫌犯，但他們只抓到了兩個。

不久救護車也到了，醫護人員將陳庭瑜帶上救護車。梁啟賢不安跟上前，救護人員當他是傷患的男友，於是讓他上車。他跟著救護車抵達醫院。陳庭瑜在醫院裡一度因驚嚇過度而昏迷，他不捨地守護在旁。醫護人員替陳庭瑜做了各種檢查，採樣她身上的ＤＮＡ。她因為腳軟站不起來，坐在輪椅上被人從診療室裡推出來。

他上前走到她身旁。她很恐懼，握著他的手不放。他感覺她又像十年前一樣需要他，再次獲得被依賴的感覺，使他產生一種渴望，他覺得自己愛上了她，或許打從十年前第一次碰觸到她的那刻起，他就已經對她深深著迷。他認為這個世界上只有自己才是配得上她的人，然而這個想法在他看見她的男友出現後便淡化了。他的理智將他喚醒，他想起她的父親是那個害他家庭破碎的人，是他的仇人。他們生存在不同世界，不可能在一起。他鬆開她的手，轉身離去。在他踏出醫院前，警察將他攔下，要求做筆錄。他將大致上的經過告訴他們，同時被要求留下聯絡資料。

過了三天，他被帶進警局裡，因為他們驗出她胸前留有他的DNA，同時又因為綁架犯聲稱他是來交易的嫖客，因此被視為嫌疑人。他費了好大一番功夫，為了讓警察相信自己當時的行為只是為了說服綁匪自己是同夥，好爭取時間等候警察抵達現場。最後他們因他確實是報警的人，以此為證，相信了他的供詞放他離開。事後，他回到德國完成畢業口試，學成歸國。

回到台灣，他用在國外打工存下的一筆資金並向銀行貸款，在大安區開起一家小店面。他為了不要讓自己的努力白費，因此避免和他的父親接觸。他離開台灣長達六、七年的時間，那些債主恐怕也不曉得他回來了。

他勤奮工作，埋頭在自己經營的餐廳，可是陳庭瑜的影子總是不斷出現在腦海裡，不管他怎麼努力抑制自己的思考卻仍舊忘不掉她的手溫。每當他想起她時，他會不經意碰觸自己的手背。他知道這樣不正常，決心要忘掉她時，她卻這麼出現在他的餐廳。

此刻的她看起來很不一樣，不像當時在盧森的小木屋裡那般脆弱，她望著自己，笑容綻放的同時眼神中充滿期盼。她告訴他，他是她的救命恩人，希望能夠有機會答謝。他呆望著她，不明白眼前看到的究竟是不是幻覺。他開始感到害怕，因為他也對她滿懷期待，心臟撲通撲通跳，不受控制。他的理智告訴自己，這女孩不是他可以愛上的人，所以他開始躲避她，試圖讓她放棄，然而她卻像沾牙的麥芽糖，怎麼也甩不開，每天出現在他的餐廳準時報到。

她對他執著的態度讓他感到驚訝，亦怒亦喜。歡喜的是能每天看到她，氣憤的是對方根本不知道她的父親對他家人幹了什麼好事。他的理智壓抑他想見她的心情，使他脾氣變得暴躁，他有時在餐廳被她逮到，他就會把她拉到餐廳外，告訴她自己不想接受任何回報。他的舉止就連他的員工也感到詫異，因為他們很少見到他如此氣憤的模樣。好些日子他決心不要在她面前露面，隱身在內場工作。然而她卻老是三番兩頭闖進廚房內場見他。

他見到她站在廚房門邊，已經猜到又是員工偷偷告訴她自己的行蹤。他本來已經下定了決心，如今卻看見她一臉可憐地望著自己。他又心動了，對自己惱怒的同時不禁氣憤拍桌瞪向她。

「妳為什麼這麼喜歡來找我？我說過我討厭妳老是在我餐廳裡晃了吧。」他望著她，露出不可置信的表情。

她低下頭，手摩搓著眼角，看起來是哭了。她吸吸鼻子說：「因為我喜歡上你了，所以才老是想來見你。」

「那妳的男朋友呢？」他苦笑。她的話讓他動搖同時也驚嘆對方竟然有男友卻還能愛上別人。

「在我回台灣前就分手了。」

「分手後，這麼快就喜歡上別的男人？」

「之前去瑞士就是為了和前男友重修關係才去的，要不是因為他拋下我和酒吧裡的女人聊天，我也不會遇到綁架。突然喜歡上你也在我的意料之外。」她眼角泛淚。

他聽了不耐煩地嘆氣問：「妳到底是喜歡上我哪一點？難道是因為盧森的事，讓妳有被英雄救美的幻覺嗎？」

「不是，是這些天才發覺的。看見你和女服務生親密講話的模樣，我就莫名感到生氣。」

「什麼親密？那是因為我不好當眾罵她，所以只好在耳邊竊竊私語。」

「所以你並沒有喜歡她？」她眼睛一亮，抬頭望著他。

「這樣妳就開心了？」

「對，因為這表示我還有機會。」她露出純真的微笑。他覺得她此刻的表情很可愛。

他不能理解為什麼陳庭瑜經歷過那樣恐怖的經驗，還能夠這樣微笑，望著她的笑容，一瞬間心臟又急速跳躍不止。

他又說：「你們有錢人為什麼就是有這種壞習慣，只要是想要的東西就非得拿到手。」

「我並沒有這麼差勁，我只是不想放棄你，既然你願意跟我說話，表示你也沒這麼討厭我，對吧？」她聳肩微笑。

「好吧，十點在門外等我。」他嘆氣道，對自己放下堅持，讓陳庭瑜靠近感到不安。

「嗯？」她茫然望著他。

「妳不是想報答我嗎？我今天會提前下班，勉強答應妳，讓妳請客，這樣可以了嗎？」

「好，我會準時出現！謝謝你。」她高聲歡呼，伸手抱了他一下，在他臉頰上輕輕一吻，隨即轉身離開。

他摸著被吻的臉頰，聯想起她躺在地上、全身赤裸的悲慘模樣，怎麼看都不像是同一個人。因為她的吻感到心動的同時，他好奇究竟有什麼方法能將她染黑。

在他開始願意接觸她後，他們漸漸習慣在夜晚他下班時一起吃宵夜，他會開車送她回家，在靠近她家的公園散步，再徒步護送她到家門口。她有幾次試圖邀請他到家裡喝茶，可是他總是拒絕。他不想讓她的父親看到自己，因為這可能會破壞他們的關係，對方父親可能會認出他，不讓他和她在一起。他還沒想好要維持這樣的關係多久。

有一回，他送她回家，她父親陳國政走出門外。他盯著對方說不出話，心想就要被揭穿時，對方卻對他露出微笑，說道：「梁先生，你就是傳說中的英雄嗎？」

「我、我什麼都沒做。」他回答，不禁感到心虛。

「你真是謙虛。我很高興可以認識你，我女兒個性驕縱，麻煩你多擔待了。」陳國政伸出手和他握手。

他茫然不知所措，他知道陳國政沒認出自己，對方根本忘記自己做過的好事，不曉得他的家庭因為自己惡意抹黑，遭受多大的衝擊。握住對方手的同時，他發現自己的手在冒冷汗，他想起自己側背包裡放著一把瑞士刀，就在側口袋裡，只要伸手一掏就可以取出瑞士刀。仇人就在眼前，他可以替他的父母報仇。他想著手伸向背包。然而此時，陳庭瑜溫熱的手勾住他的手臂。

「爸，你胡說什麼？我才不驕縱，不要嚇到啟賢。」

陳庭瑜打斷了被復仇沖昏頭的他，他望著她，明白自己不可能在她面前下手。他愛她，所以不希望她恨自己。

他目送著陳庭瑜跟她父親走進家裡，他鬆了一口氣。他恨那個男人沒錯，可是他喜歡上對方的女兒。打從過去那場車禍弄傷陳庭瑜，他便放棄報仇，然而此刻重新見到那男人，對方竟不認得自己的名字和臉，沒發現自己是誰，氣憤之餘，他的腦海中突然浮現一個想法。如果他從陳國政手中奪走他的女兒，那麼他想要的東西都可以一次到手了。自那刻起，他開始策畫漫長的復仇計畫。

他和她在認識滿一百天時，她向他提議交往。這對他來說是再好不過的機會，他一直等待她自己送上門。他要她自己主動告訴他，她需要他，只有這樣他才能確定對方完全在自己的掌控中。

他們交往了一段時間，她開始透露自己想結婚的想法，但他認定時間尚未成熟，始終維持保留的態度。他希望她能對自己奉上所有的愛，全心全意愛他。在他們交往的第六年，他覺得時機已到，趁還沒有人發現他的出身之前，該是時候準備行動。

在兩人第七週年，他計畫好旅行試圖在旅程中向她求婚，問她想去哪裡，沒想到她卻選擇了瑞士。他極力避免瑞士旅行，他認為那會讓她太接近他的過去，她可能會發現他是那年造成車禍的人，還有他家庭破碎的原因。但最後他想不到任何理由反對她，她比他想像得還要堅強，她決心要去瑞士、回到盧森，面對她心靈的傷疤。他無法拒絕，只能和她一起去。

他在他們抵達盧森的前一晚跟她求婚，從她口中，他得知她難以懷孕的消息，但這並非他第一次聽說。當年她出車禍的事，曾登上新聞，雖然陳國政將女兒的身分壓下來沒讓記者報導，但梁啟賢仍知道受傷的人是誰，也得知她的骨盆腔重挫，可能無法生育。這消息從來沒有影響他的計畫，因為對他來說，這表示她更需要他，他必須補償她。他們一樣都有缺陷，而只有自己能接受她。

他求婚成功，在那天晚上，他第一次完整擁有她。這使他更加確認自己的想法，他必須確保此趟旅行不會有差錯。然而他擔心的事情終究發生，那日早晨他趁未婚妻熟睡時出門買早餐，清幽無人的湖畔邊意想不到的人卻出現了。當年和他交談的許維仁竟開著車悄悄跟蹤他們，對方不是專家，一不小心就被他發覺異狀。他記下對方的車牌號碼，甩掉對方，並躲進附近的超市裡觀察。

最後他不希望發生的事依舊實現了，他看見許維仁跟自己的未婚妻站在一起，這使他感到慌張又氣憤。但他不能讓她發現異狀，於是在兩人分離前，他搶先趕回旅館，在她回房時緊抱住她，告訴她自己有多麼擔心她。他明白許維仁不會這麼輕易放棄，他繃緊神經帶著陳庭瑜前往盧森。

抵達盧森不久，他們將行李寄放在火車站，只揹了輕便的物品上山。他熟悉這裡的山況，因為他跟著那群綁匪一起上山，記憶猶新。當他們到達目的地的小木屋時，過去的記憶一擁而上。他見她雙腳發軟、面露驚恐，不禁感到心疼，同時感覺對方多麼需要自己，這樣的感情轉換成渴望。他抱緊她，試圖安撫她，然而熟悉的動作和難忘的地點卻似乎喚起她不好的記憶，她第一次反抗他。他感到心痛，努力安撫，希望她再一次表現出她多有麼依賴自己。他親吻她，對她表現出渴望，伸手脫去她的衣服，他們在無人的小木屋裡感受彼此的體溫，他試圖藉由新的回憶掩蓋掉她的恐懼，然而卻發現她似乎開始在迴避自己。

他們離開木屋，他試圖在下雨途中揹她下山，但是她卻推開他，這讓他感到挫折，一下山他瞧見七年前他們下榻的那間飯店，他毫不猶豫帶她走進飯店，當她因過去的回憶顫抖時，他有種報復的愉快感。他在她進房沐浴時，走進浴室，他見她因為自己突然出現嚇了一跳，感覺她確實有異狀。她發現他身上的疤，那些疤是他們第一次相遇時留下的印記，他只是草草帶過，見她露出心疼的表情，他明白她依舊愛著自己。他決定相信她，相信她不會因為這點事而動搖，然而當天晚上，她還是偷偷扔下他離開了。不用刻意跟蹤，他也知道她這時間會去見誰，她在這裡沒有任何熟人，大半夜能去哪裡呢？當他看見她回來慌張解釋自己的行蹤時，他感覺很受傷，她有了另一個依靠的人，他不再是她唯一需要的存在，好像被她背叛了一樣。

「我胃有點不舒服，到櫃檯要了點藥。」她這麼說。她讓他很難受，他知道她根本沒拿什麼藥。他在這之前早就料到有這種可能，事先向旅館問了附近的藥局取得一些鎮定劑，在她的水裡加入了磨碎的藥粉讓她喝下，等她入睡後悄悄進行後續「清除」的處理。

他打電話表明因為個人隱私，希望清除掉過往住宿的紀錄，為了這件事，他連絡上旅館的經理，卻不知許維仁早就先一步調查過了。然而他知道許維仁一定會想辦法再接近陳庭瑜，而他也不想讓她在這裡逗留太久，於是他在她藥效消失、清醒後又讓她睡著。

一路上，他試圖減少她與許維仁接觸的機會，努力掩飾自己的情緒和不安。然而他的意圖卻被她發現，他在蘇黎世的火車站讓她逃走了。他一度以為自己就要失去她，最後他放手一搏，趁著瑞士國慶日當夜在煙火表演時綁走陳庭瑜，並直接和許維仁面對面。當他們三人待在同一空間，他感覺到優越感，因為她仍舊向著自己，他忍不住對他的敵人顯示自己才是陳庭瑜選擇的人。當她出現在許維仁面前時，他知道自己占上風，因為對方的把柄仍在自己手上，而陳庭瑜害怕他得知他們兩人私下見面的事，即便如此，他還是很不安，在回國前一天整夜不睡就為了將她好好帶回台灣。

回國後，他加緊腳步著手進行計畫。許維仁的出現使他更加深刻明白紙包不住火，自己的身世無法隱藏，總有一天陳庭瑜和她的父親都會發現他是過去陳國政商業攻擊下的受害者。當他知道她還在和許維仁聯絡時，他決定該是攤牌的時候，向許維仁、陳國政，以及他心中的玫瑰。

原本他沒有太多的把握，但當他注意到她身體的一些異狀，趁她到他家時，他事先在馬桶的水箱裡加了一大罐加水的寶特瓶，使沖水的水量減少，趁著她上完廁所後，拿出事先準備好的驗孕棒，結果正如他所想。她這些日子的反應雖然和她過去胃部不適的狀況相似，然而他感覺她現在對食物氣味敏感的情況更接近過去母親懷著未能出生的妹妹一樣。對於這件事情的發展，他感到欣喜。

他打了電話給她的醫生，他要讓她自己得知這個消息、自己做出選擇。不論如何，他確信陳庭瑜會選擇自己，因為就像他過去曾經和她的約定一樣，「如果她不能走路，他就成為她的雙腳」—

——他補足了她最大的渴望，讓她成為一名母親。這件事也是讓陳國政無法阻止他們結婚的原因，對方知道女兒多麼希望能擁有自己的孩子。

出乎意料之外，在他布局的同時，她先一步採取了行動。他沒想到她會有勇氣詢問關於過去的事。

「巧合？你刻意接近許維仁，從他的話中得知我的存在，然後刻意出現在盧森的山上把我救出來嗎？你接近我、傷害我，難道不是為了向我父親報仇？」她受傷的表情讓他更難受。他認為他所做的一切最終目的都是為了和她在一起，復仇已非最重要的目標了。

「我想知道的是，你在這七年間究竟有沒有愛過我？」她啜泣道。

這句話使他確信，就算他不提起孩子的事，她依舊會選擇自己。然而，他必須讓她完全服從自己，他得讓她對自己感到內疚。這是一個非常危險的方法，一不小心就會全盤皆輸，但他不能讓她發現破綻。

「我想知道，明白了這些事，妳還愛我嗎？」他向她表露自己的真心，望著她問。

「就是因為愛你，所以我把所有的不合理都當作是巧合了。」她的答案切中他的期待。

他靠向前，拿出手中懸掛著鑰匙的項鍊，讓她誤以為自己要加害她。她在驚恐之餘，拿出早就露餡的美工刀，刺進他的身體裡。因為鎮定劑的藥效，他沒有馬上感覺到疼痛，不禁慶幸剛才多喝了幾口酒。

他倒地時，陳庭瑜面露驚慌，這是他第一次看到她如此慌張驚恐的模樣。當她發現他手中拿的並非是武器時，她滿面愧疚的表情仍然深印在腦海裡。

在他自醫院醒來後，得知陳庭瑜幾度昏倒的事，他知道她已經離不開自己了，因此忍不住得意地笑。雖然陳庭瑜的父親因為知道內情，所以囑咐醫院不要告訴她懷孕的事，怕她因為懷上父親仇家的孩子而受到衝擊。可惜陳國政根本不知道，孩子的存在才是梁啟賢真正獲勝的關鍵。

在他清醒後，他刻意逃離她，以一個受害者的姿態替她隱瞞差點殺死自己的事實時，她又怎麼忍心和他分離？更不可能讓孩子沒有父親。在他們重新許下互訂終生的那一刻起，她，陳庭瑜已經完完全全成為他的人了。

對他來說過去發生的事就像是一場不可思議的夢，如今他擁有了一切，重新奪回失去的玫瑰，也將仇人手中最寶貝的寶物變成自己的，還有什麼比這更萬無一失的復仇呢？他心想著，親吻妻子的眼睛。如果沒有她，他又如何重獲新生。

「我愛妳，唯獨這句話不是謊言。」他微笑抱著她閉上眼睛，安穩地陷入沉睡。

釀冒險15 PG1805

陌生的新郎

作　者	朱　夏
責任編輯	辛秉學
圖文排版	周政緯
封面設計	蔡瑋筠

出版策劃	釀出版
製作發行	秀威資訊科技股份有限公司 114 台北市內湖區瑞光路76巷65號1樓 電話：+886-2-2796-3638　傳真：+886-2-2796-1377 服務信箱：service@showwe.com.tw http://www.showwe.com.tw
郵政劃撥	19563868　戶名：秀威資訊科技股份有限公司
展售門市	國家書店【松江門市】 104 台北市中山區松江路209號1樓 電話：+886-2-2518-0207　傳真：+886-2-2518-0778
網路訂購	秀威網路書店：http://www.bodbooks.com.tw 國家網路書店：http://www.govbooks.com.tw
法律顧問	毛國樑　律師
總 經 銷	聯合發行股份有限公司 231新北市新店區寶橋路235巷6弄6號4F 電話：+886-2-2917-8022　傳真：+886-2-2915-6275

出版日期	2017年7月　BOD一版
定　價	280元

國家圖書館出版品預行編目

陌生的新郎 / 朱夏著. -- 一版. -- 臺北市 : 釀出版, 2017.07

面； 公分

BOD版

ISBN 978-986-445-206-4(平裝)

857.7 106007964

讀者回函卡

感謝您購買本書，為提升服務品質，請填妥以下資料，將讀者回函卡直接寄回或傳真本公司，收到您的寶貴意見後，我們會收藏記錄及檢討，謝謝！如您需要了解本公司最新出版書目、購書優惠或企劃活動，歡迎您上網查詢或下載相關資料：http:// www.showwe.com.tw

您購買的書名：＿＿＿＿＿＿＿＿＿＿＿＿＿＿＿＿＿＿＿＿

出生日期：＿＿＿＿年＿＿＿＿月＿＿＿＿日

學歷：□高中（含）以下　□大專　□研究所（含）以上

職業：□製造業　□金融業　□資訊業　□軍警　□傳播業　□自由業

□服務業　□公務員　□教職　□學生　□家管　□其它＿＿＿

購書地點：□網路書店　□實體書店　□書展　□郵購　□贈閱　□其他

您從何得知本書的消息？

□網路書店　□實體書店　□網路搜尋　□電子報　□書訊　□雜誌

□傳播媒體　□親友推薦　□網站推薦　□部落格　□其他＿＿＿＿

您對本書的評價：（請填代號　1.非常滿意　2.滿意　3.尚可　4.再改進）

封面設計＿＿　版面編排＿＿　內容＿＿　文／譯筆＿＿　價格＿＿

讀完書後您覺得：

□很有收穫　□有收穫　□收穫不多　□沒收穫

對我們的建議：＿＿＿＿＿＿＿＿＿＿＿＿＿＿＿＿＿＿＿＿

＿＿＿＿＿＿＿＿＿＿＿＿＿＿＿＿＿＿＿＿＿＿＿＿＿＿

＿＿＿＿＿＿＿＿＿＿＿＿＿＿＿＿＿＿＿＿＿＿＿＿＿＿

＿＿＿＿＿＿＿＿＿＿＿＿＿＿＿＿＿＿＿＿＿＿＿＿＿＿

請貼
郵票

11466
台北市內湖區瑞光路 76 巷 65 號 1 樓
秀威資訊科技股份有限公司 收
BOD 數位出版事業部

（請沿線對折寄回，謝謝！）

姓　　名：＿＿＿＿＿＿＿＿　年齡：＿＿＿＿　性別：□女　□男

郵遞區號：□□□□□

地　　址：＿＿＿＿＿＿＿＿＿＿＿＿＿＿＿＿

聯絡電話：(日) ＿＿＿＿＿＿＿＿ (夜) ＿＿＿＿＿＿＿＿

E-mail：＿＿＿＿＿＿＿＿＿＿＿＿＿＿＿＿